不要害怕事与愿违

时间从来不会亏待于你

静文 著

中南出版传媒集团
民主与建设出版社

图书在版编目(CIP)数据

不要害怕事与愿违，时间从不会亏待于你/静文著. --北京：民主与建设出版社，2017.6

ISBN 978-7-5139-1522-9

Ⅰ.①不… Ⅱ.①静… Ⅲ.①散文集—中国—当代 Ⅳ.①I267

中国版本图书馆CIP数据核字(2017)第100366号

不要害怕事与愿违，时间从不会亏待于你

BU YAO HAI PA SHI YU YUAN WEI SHI JIAN CONG BU HUI KUI DAI YU NI

出版人 许久文

著　　者 静文

责任编辑 刘树民

装帧设计 亿德隆装帧

出版发行 民主与建设出版社有限责任公司

电　　话 （010）59417747　59419778

社　　址 北京市海淀区西三环中路10号望海楼E座7层

邮　　编 100142

印　　刷 三河市天润建兴印务有限公司

版　　次 2017年10月第1版　2017年10月第1次印刷

开　　本 880mm×1230mm　1/32

印　　张 8

字　　数 170千字

书　　号 ISBN 978-7-5139-1522-9

定　　价 36.00元

不要害怕事与愿违，时间从不会亏待于你

CONTENTS 目录

去做想做的，不要留下遗憾

CHAPTER01

逆境前行，收获的风景更多

别轻视了生活给你的那些为难 \ 002

关于吃苦那些事 \ 006

坚持下去，你的付出终有回报 \ 011

没有什么比穿过黑夜更棒的人生经历了 \ 016

迷惘的时候，你要更坚定信念向前 \ 021

你的全力以赴才能换回安稳和从容 \ 026

你的心态将决定你的方向 \ 030

你拥有得太少，是你的艰辛还不够 \ 036

其实很多事并没有你想象得那么糟糕 \ 041

缺少沟坎的人生不精彩 \ 049

虽然满身泥泞，也能无比精彩 \ 054

因为差距，所以你才更要奋勇向前 \ 059

＼CHAPTER02
你的努力，会为你证明自己

勇于走出舒适区才会让人生更精彩 \ 066
珍惜现有的时间，全力以赴你的梦想 \ 072
熬过去，才能柳暗花明 \ 076
好的人生，上不封顶 \ 083
你的人生，请别凑合 \ 088
努力，只为遇见更好的自己 \ 093
努力做一个有魅力的人 \ 100
让你的努力与你的梦想相匹配 \ 105
让你的人生走在鲜活的春光里 \ 111
让你的心气扛得起整个世界 \ 115
所有不曾放弃的努力坚持，都会有回报 \ 121

\ CHAPTER03
不要害怕，一切都还来得及

不够努力之前，别急着否认了自己 \ 128

不怕输，才有机会赢 \ 134

不要让你的人生因为不努力而留下太多遗憾 \ 140

多试一次，你就比别人成功了 \ 145

每一个犹豫不决的挣扎，都是对人生最大的浪费 \ 149

面向阳光，一路朝梦想靠近 \ 155

你的害怕会让你一无所有 \ 162

你的努力都不会白费 \ 167

你的侥幸心理终会害了你 \ 174

你可以不成功，但你不能不成长 \ 178

哪怕无路可走也要死磕到底 \ 183

\CHAPTER04
耐心等待，时间不会亏欠你

别再自欺欺人了，去努力吧 \ 190

不随便放弃，好好走过这段没有皇冠的路 \ 196

付出不一定有回报，但回报前一定有付出 \ 200

美好之前的不堪，注定是我们人生必然伴随的滋味 \ 212

那些不曾放弃的努力，一定会成就你 \ 216

你的不断尝试和努力会让你成为更好的自己 \ 220

你都不去努力，就别抱怨自己一直很穷 \ 226

你所亏欠的终有一天会要连本带利地还回来 \ 231

我才不是什么好运，还不是全凭坚持和努力 \ 236

我的努力让我的得到不至于是高攀 \ 242

做好迎接机遇到来的准备 \ 247

CHAPTER

01

逆境前行

收获的风景更多

前进的路上，哪怕大雨浇湿全身，也不要停止奔跑。如果前方是堵墙，拼尽全力也要砸出一个洞钻过去。如果脚下没有路，踩着荆棘也要努力踩出一条路。

别轻视了生活给你的那些为难

1

念高中的时候，数学不好。一百五十分的卷子，往往只考七十多分，及格一次，就是奇迹。三年里，饶是下了十二万分的力气去学，依然不见起色。随之而来，高考落榜，未能考取自己理想的学校。

可我不信这个邪，以为是自己不够努力，只要足够努力，成绩一定会上来。于是铁了心去复读，一年，又一年，一年，又一年，整整三年。高中同学，有一些都大学毕业了，我依然在高中里呆着，誓死要将牢底坐穿的样子。

后来，偶然的一次机会，报考了自学考试，选择了英语专业，完美避开了数学。从专科到本科，再到国家统招的研究生，一路考下来，从未想过的顺风顺水。

于是明白了，人生不是一场硬碰硬的比赛，空有努力是不够的。有些路走不通，就不要勉强再走，绕道而行，或许就会柳暗花明。

2

从小到大，一直有丢三落四的习惯。读书的时候，丢过钱，给家里打电话，妈妈立即汇了一笔过来；一次外出旅行，零钱包落在了火车上，坐公交的时候，乘客帮忙投了两枚硬币；工作以后，搬新家，遗失过手机适配器，要好的同事手头有两个，送了一个。

想一想，似乎并非什么大不了的事，也就从未放在心上。

直到两个月前的一天，夜班回家，发现钥匙不见了，这才慌了神。深夜十二点，一个人站在小区楼下，求告无门。只好去住附近的酒店，一晚上小五百，半个月的饭钱就这样出去了。第二天一大早，找来配钥匙的师傅，撬开门，新锁一换，瞬间，又花去三百多。对于一个月薪五千块的北漂来说，可想而知，这意味着什么。

从那天起，我再未丢过任何东西。每次出门，都早早装好必备的物品；每次回家，一应琐碎打包好，甚至列出清单来。其实，在此之前，生活已经给了我许多提示。第一次丢钱，我就应该明白，自己身上有“马虎”这个缺点，亟待改正。可是不自知啊，蹭破一点皮总觉得无碍，日复一日，非要撞到头破血流，才幡然醒悟。

头段时间，单位组织体检。报告出来，朋友被要求住院。医生给出的结论是，经常熬夜，常年不吃早餐，缺乏体育锻炼，身体已经到了“崩溃”的边缘，必须停下手头的工作，配合药物，好好休养一阵。眼看到年底了，单位特别忙，各种会议等着开，各种文件需要处理。朋友不听劝，虽然身心乏累，却深觉自己可以扛下去。终于在一个晚上，晕倒在格子间里，保安发现后，打了紧急电话速速送至医院，才了事。

最近，微信群里，都是这个朋友发来的养生秘诀，一条又一条，刷着屏。譬如，早晨起来喝一杯水，吃几块水果；譬如，纵使午间睡不着，也要趴在桌子上闭眼小憩；譬如，晚上喝一杯脱脂牛奶，利于睡眠，又不会增肥。

往常耍嘴逗贫的群，一下子改变了画风，不明所以的人，还以为进错了地方。朋友说，其实，早在一个月前，他就已经感知身体出现了状况，提不起精神，有点风吹草动就感冒，可总觉得自己年轻，没什么大不了的。这下好了，不仅耽误了工作，还要花钱养身体。

躺在医院的病床上，望着雪白的天花板，他第一次发现，生活的许多刁难，都是有迹可循的。每一次病痛的来临，都是一种善意的提醒，保重身体，势在必行。

3

俗话说得好，人生是一场修行。前行的路上，我们摔过的每一个跟头，都在提示自己应该怎样走。身上的每一道伤疤，都是一枚宝贵的路标——

人际关系紧张，似乎每个人都恶语相向，那就考虑一下，自己的说话方式是否有问题，而不是，每一个骂过来的人，我们都要骂回去；

工作不顺心，同事排挤，老板苛责，加班加点也无法完成任务，那就想一想，自己是否上心，而不是，挑子一撂，翻脸就跳槽；

恋情告吹，男友劈腿，那就问一问自己，是我不够独立，太过依赖，还是他厌旧喜新，而不是，不管不顾地，一路追打第三者；

父母老去，通一次电话就絮絮叨叨，没完没了，那就回忆一下，为人子女，自己陪伴他们的时间有多少，而不是，气急败坏丢下一句“我很忙”，就挂掉。

生活对你的每一次刁难，都是一种善意的提醒。不要逃避刁难，聆听它的提醒，左转，右转，绕道，直行，一步步，成为更好的自己。

请不要在最能吃苦的时候选择安逸，没有人的青春是在红地毯上走过，既然梦想成为那个别人无法企及的自我，就应该选择一条属于自己的道路，为了到达终点，付出别人无法企及的努力。

有些路，走下去，会很苦很累，但是不走，会后悔。没有哪件事，不动手就可以实现。只有坚持这阵子，才不会辛苦一辈子。最终你相信什么就能成为什么。因为世界上最可怕的二个词，一个叫执着，一个叫认真，认真的人改变自己，执着的人改变命运。

关于吃苦那些事

在杂志上看到一篇文章，叫《苦难不值得迷恋》。作者讲述父亲从小以“吃得苦中苦，方为人上人”来教育自己，总是把好吃的放在冰箱里不吃，好衣服放在柜子里不穿，好东西都要留坏了再用，以至于长大后的他，总觉得压抑难受才是正常的，追求舒服就有罪恶感。

连一只牙刷杯也用了好多年，杯口已经磨得起毛，就在他某一天刷牙的时候，被镜中自己酷似父亲的脸庞陡然惊倒，由此深深地反思对苦难的迷恋，发现这种思想是一个天大的谬论。

这篇文章让我陷入深思。

吃苦作为一种美德被代代传颂着。而吃苦的意义到底是什么呢？

其实苦难本身并不值得赞美，值得赞美的是能够战胜苦难的能力，以及战胜苦难之后获得的幸福。而在没有战胜之前，苦难应该是敌人，是魔鬼，吃苦应该是一种耻辱。

我们读书时候，最先会背诵的古文恐怕就是孟子的“苦其心志，劳其筋骨、饿其体肤……”，然而很多人背着背着忘了开头：天将降大任于斯人。于是，只有少数人等到天降大任，而大多数人在受苦的漫长过程里感动了自己，竟忘了最终的目的，错将吃苦本身当成了高贵的姿态。殊不知你虽然吃着苦中苦，却只是人下人，只是“一将功成万骨枯”里的万骨。

更无可救药的，是那些天未降他大任，他却甘愿自讨苦吃的人。

我的一个朋友，从国外学习回来，生活观发生了很大改变。

她说国外的一个妈妈可以同时带几个小孩，而我们一个小孩要全家上下几代人来带。国外的家庭生活里做家务根本不算个事，吃食简单健康，烤箱镶在厨房里，垃圾自动粉碎。洗碗机，洗衣机，全都自动到烘干那一步。

国外的女人不会因为自己变成黄脸婆而担心丈夫出轨，即使丈夫变心，也不会用“我为这个家吃了这么多苦”作为筹码，逼迫对方回心转意。国外的男人也不接受那种牺牲自己的爱，你若要爱我，先爱你自己，否则你所谓的吃苦我并不领情。

她准备改变自己家的格局。

于是装了热水器，买了全自动洗衣机，甚至托人带了国外的洗碗机。她想，这样母亲再也不用在繁重的家务中委屈抱怨，父亲也不用为了躲避那抱怨而心烦逃避。他们可以好好享受二人世界了。

然而一个月后她回家，发现母亲仍然坚持用冷水洗洗涮涮，仍然一刻不停地拾拾掇掇，絮絮叨叨。她问母亲为什么不用她买的东西，母亲说，人活着就得吃苦，这点活都干不了，这点苦都不能吃，活着还有什么用？

她生平第一次对母亲发了脾气，她说，你白白吃的这些苦才是没有什么用！你累病了花的钱，还有这些年你们俩吵架摔的东西，都能买多少个洗碗机！你不做这些事情，省下的时间陪陪我和爸爸，关心一下我们的情感需求，我们都会比现在幸福多少倍！你整天说吃苦吃苦，你吃的都是无用苦，做的都是无用功！

她说，她还有更狠的话没有说出来，那就是她看透母亲之所以这样自苦的原因，是因为她各方面的见识跟不上父亲的脚步，感情上也不能跟父亲做到琴瑟和谐，往往说几句话就被嫌弃了。

而她不愿承认自己的不足之处，更不肯去提升，她只是固执地用干活来填补那些尴尬，用吃苦来标榜自己的付出。

原来这才是有些人甘愿吃苦的真相啊！因为他们不能创造更高层次的价值，所以只能用最低级的，近乎自虐的吃苦来占领道德的高点。

我想起心理学里一个关于受虐狂的小故事。

一个患有奇怪遗传病的家族，每个人生下来都只有两根手指，为了维持生计，他们祖祖辈辈在马戏团扮演小丑。

可是突然有一人，竟奇迹般地没有遗传两指病，这本来是天大的好事情，然而他们世世代代都只会扮演小丑，这个正常的孩子没了特有的两指，没办法继承祖业，竟无路谋生，最后，他只好砍去了多余的八根手指。

这个故事是说，受虐狂的心理就像小丑世家的演变，在一种畸形病态中久了，渐渐地适应了，渐渐地生长出对抗畸形病态的办法。一旦畸形病态消失了，他们将没有适应常态的能力，只能摧毁常态，返回到病态中。

反观很多人所谓的吃苦，其性质与此类似。

他们吃的苦，并不是为了成功和幸福而暂时地忍受，并不是天将降大任之前的必经之路，而是因为没有战胜苦难的能力，看似高尚实则无奈的选择。

即便后来被动走出了苦难，他们已经没有了享受非苦难境遇的本事，只好继续保持受苦的姿势，才能活得有安全感。

我想，时下很多年轻人也依然难逃厄运吧。被人用“做人就要多吃苦”的道理催眠久了，也学了自我洗脑。明明知道所做的一切都是情非所愿，明明看到所有的功劳苦劳都是替他人做嫁衣，也不敢去反思去反抗，就像那个被诅咒的小丑，明明可以长出健全的翅膀追逐自由，却只能削足适履地讨好生存。

为此放弃了最初的梦想，觉得被人牵着走的感觉，至少是在路上。

人生路上常有风雨，凡事需要坚强不屈。苦才是人生，痛才是经历。我们可以拥有自己的个性，拥有自己的思想，拥有自己的梦想，不要去羡慕他人；拼，是我们唯一的选择，不完美的才是人生。你受的苦，吃的亏，担的责，扛的罪，忍的痛，到最后都会变成光，照亮你的路。

每个人真正要强大起来，都要度过一段没人帮忙、没人支持的日子。所有事情都是自己一个人撑，所有情绪和思想都是只有自己知道。但只要咬牙撑过去，一切就不一样了。无论你是谁，无论你正在经历什么，坚持住，你定会看见最坚强的自己。人活着不是靠泪水博得同情，而是靠汗水赢得掌声！

坚持下去，你的付出终有回报

有些力量足以支撑我们，踏平一切坎坷，正如吴亦凡所说：“那些苦要少吃一个，就没今天的我。”

那些苦要少吃一个，就没今天的我

1

有人问了一个问题：“如果能够回到10年前，有什么你后悔的事情想去改变？”

有人回答：“会告诉胡歌，2006年8月29日晚上一定不要坐上那辆车回上海。”

有人回答：“先去清华学两年电脑，再去蓝翔学两年挖掘机，最后去新东方学两年厨师。这样就拥有三个泡妹子的技能，也不至于单身到现在。”

也有人回答：“你的未来拿不出手，谁会听你凄惨的过去。”

很多人都会抱怨，为什么生活没有变成自己喜欢的样子，为什么老天总是不公平，为什么理想很丰满，现实总是很骨感？我们总是有做不完的工作，吐不完的怨气，减不完的肥，坑不完的爹。

可事实上，年轻多么好，我们可以为了看一部电影整夜不睡，为了心爱的人辗转反侧，可以笑得很傻很天真。我们会在字条上写下我们的小心愿，尽管现在可能已经想不起来。我们总是可以有各种各样的梦想。

或许，时间的神奇之处就在于，我们沿途所为之付出的辛苦都会在终点为我们绽放。

2

万万做什么都很有范儿。那种范儿是别人无法轻易模仿的。

万万在多年前还有个外号叫“肥肥”，他就像是一个长大版的小胖，他就像是多啦A梦中的那个小蓝胖子叮当猫。

现在不管是人类还是动物都吃得太好了，万万去朋友家串门，一只加菲猫的脚胖得都看不见了，抱着他的腿直往上爬。估计猫的内心在对他说：大哥！帮忙把我往上扔一把，实在跳不起来了！

万万虽然胖，但是穿衣服很有范儿，尽管有大肚子，但是他也会把服装搭配得特别好。

3年前，万万去了铁路上班。所有人都羡慕那一份稳定的工作，但是万万觉得太枯燥了。他觉得那不是他想要的，于是万万不顾家人反对，果断地辞了职。

辞职后的万万去了一家旅行社。当时，他的薪资是旅行社里最低的。可是，从他打算从事这个行业起，不管是在烈日下面跑在外面拉业务还是跟在导游身后跑东跑西，他都从没有一句怨言。所幸他人缘极好，有一大帮朋友，去旅行社工作的时候，也得到了很多朋友的支持，再加上他乐天派的性格，他在旅行社的表现很快就得到了大boss的认可。

如今，万万开了一家自己的小旅行社，生活一步一步按他所想的那样去发展。

热爱让很多人被喜欢的事物所吸引，专注则让他们忘记自我，将自身潜力发挥到极致。

这世界充满挑战的事情太多。当你在做一件事情时，总有些其他的干扰，但是在年轻的时候，有无限种尝试的可能。

我看过一个姑娘的故事，她只有25岁，却用插画登上了福布斯排行榜。在她的成长环境里，律师、医生这样的职业才是社会主流价值观里最有前途、多金的职业，画画是“不务正业”，或者是“青少年的梦想，不切实际”。

但是童年学画画的经历，启发了她的想象力。从那以后，小学、中学美术课作业就成了她最期待做的事情。后来她去了美国，由于是国际生，毕业后一年不能将学生签证变成工卡就必须离开美国。这样的生活压力让她走出舒适区，不沉迷于享受，刚一毕业，她就从零开始。

面对纽约高昂的房租和生活费用，她只能租着远郊布鲁克林黑人区的房子，吃廉价的快餐，省吃俭用来创作和推销自己。

她说：“那一年我印了600张圣诞卡，每张卡背后都亲手写上了自我介绍和作品的网页。”

最终，她的作品得到了艺术界的认可，她用自己的勤奋和执着在不断前行，努力以自己的风格定义这个时代。

3

有个少年问一个女孩：你不约会不谈恋爱不出去玩不喝酒不逛街不疯不闹不叛逆不追星不暗恋不表白不聚会不K歌不撒野，因为你要学习，请问你的青春被狗吃了吗？

女孩回答：你整天约会谈恋爱出去玩喝酒逛街疯闹叛逆追星暗恋表白聚会K歌撒野，就是不学习，那么你的青春狗愿意吃吗？

和瑞泽从10岁开始学习民乐，我记得他刚开始学的时候，看着乐谱，用笛子吹一首曲子，就像是一个结巴的人说了一段绕口令一样。这些年，他一直坚持没有放弃。如今18岁的他，可以自如地在舞台上演奏出好听的曲子。他长成一个阳光大男孩。如今他努力去准备中央戏剧学院的考试。我看着10岁到18岁的他，突然觉得时间就像魔法师，会把我们逐一雕塑成更清晰的自己。

在能吃苦的年纪，不要选择安逸，梦想不会在我们睡一觉醒来就会实现。生命的神奇之处就在于：在吃过很多苦，经历过很多煎熬之后，你所积蓄的能量会像阳光一样，照亮你前行路上所有的阴霾，让你和真正的那个你相逢。

未来会在某个不经意的瞬间，对你的付出给予奖励，也会给你更多坚持下去的勇气。

撑不住的时候，可以对自己说声“我好累”，但永远不要在心里承认说“我不行”。不要在最该奋斗的年纪选择了安逸，我们试着长大，一路跌跌撞撞，然后遍体鳞伤。坚持是最好选择，总有一天，你会站在最亮的地方，活成自己曾经渴望的模样。

每个人都有觉得自己不够好，羡慕别人闪闪发光的时候，但其实大多人都是普通的。不要沮丧，不必惊慌，做努力爬的蜗牛或坚持飞的笨鸟，在最平凡的生活里，谦卑和努力。总有一天，你会站在最亮的地方，活成自己曾经渴望的模样。

没有什么比穿过黑夜更棒的人生经历了

真是三生有幸，我身边的朋友都很好，他们自信、乐观，为人慷慨。有好多时候，我也在思考，为什么一些人总是充满能量，能为他人带来温暖与安慰。而他们自己甚至不需要安慰，只要睡一个晚上，第二天就是新世界。

尤其是我的搭档一郎，更是义字当头，有情有义，我每次看到他，都觉得温暖满满。当一郎站在讲台上，你会觉得全世界都属于他，他是那么英俊、文艺、潇洒，很多女孩都很崇拜他，他却拒绝了一个又一个。

我曾问他，期待找一个怎样的女孩。他说，想找一个可以让自己牵着手的女孩，最好是他的负担，甚至一生都需要照顾。眼前的女孩大多强势，又会撒娇，他分辨不了真假。所以，他要找一个傻傻的，一个只需要他源源不断付出的人。

我难以理解。想到爱情，我大多念头是势均力敌，你强大，所以我也不甘示弱；你一路独立，我也千军万马；你能帮到我，我也恰好需要你；你脆弱时，我安慰你，我孤独时，你陪着我。

那次是我第一次去宁夏出差，听到几个偏僻的城市名字，大家都不愿随同我去，唯有一郎站了出来，那一刻，我很感动。出差的路上，恰好是我的生日，一郎特意来祝我生日快乐。他羞愧地说自己没带生日礼物，只能给我讲讲他的故事。

我问："你的生日是哪天，到那天我也给你讲讲我的故事。"

一郎摇摇头："我也不知道。"

"你居然连自己的生日都不知道！"我张大了嘴巴。

他忧伤地点点头——

一郎的母亲经历了一场大病，精神有些痴呆，后来怀上他，再加上他天性胆怯，内向羞涩，黑黑瘦瘦，亲人们都以为他是傻瓜，可他并不是。小时候，他拉着妈妈的手，跟在她的身后种菜、捡柴，有时，看到妈妈迷路回不了家，他就硬牵着她的手，往家的方向拽，妈妈却打他。

小时候，他曾怨恨命运，为何赐予了自己这样的考验。直到有一次，他跟着妈妈上山，在山脚，吹起了狂风，妈妈拼命地保护他，把他压在自己的身下，那树就直直地砸到了妈妈身上。从此，妈妈不仅傻，走路也不再平稳。

从那时起，他常常给妈妈唱歌、写诗。妈妈什么都听不懂，只是傻傻地赞美他："多好啊，真好！"他知道妈妈并不懂他，他对妈妈不能奢求太多，他只能幸福而忧伤地度过每一天。

读书了，他并不合群，总是站在角落里，呆呆地看着同学们在一起玩耍，他却很沉默。一直读到高二上半学期，他的成绩都不算很好。下半学期，妈妈来送他上学，有个同学突然开玩笑："怪不得你笨笨傻傻的，原来是遗传。"一郎握紧了拳头，却没有挥出去，因为妈妈在一旁拉住了他的手。

经过这次被人欺负，一郎突然明白，唯有自己强大，他的世界才能强大。也就是从高二开始，他突然觉得窝在角落里并不能很安心，只是一时的安全。他默默地告诉自己，要走出去。

那半年时光，他像变了个人，每天都追在老师的后面，让他们帮自己解答问题。他依然沉默，不愿与其他人交流。就像积攒了一股强大的力量，在某个瞬间被强烈地点燃，他终于爆发，终于名列前茅。每当松懈时，他耳边总会响起那个同学嘲讽的语气："怪不得你笨笨傻傻的，原来是遗传。"他抬起头，对我说："那一刻，我的心特别痛苦，我发现自己连最亲的人都保护不了，这对一个男人来说，多么悲哀。"

命运并没有眷顾他，他后来并没有如愿考上一所好的大学，也没有如愿追上自己很爱很爱的女孩，也没有找到特别心仪的女孩。他一个人在城市漂泊了很久，每次站在地铁上，或走在街头，在阳台上，他最怀念的是那片星空。因为在他心中，记忆最深的是，妈妈在无数个夜晚，曾陪她一起看星空。

虽然一切都没有那么如意，他告诉自己，要从角落里走出来，他试着去换工作，试着去充电，试着去寻求改变。煎熬三年后，他才找到了适合自己的平台，而且越走越好，直到走到了今日。一郎早已不再是那个落魄少年，所有的自卑、委屈、磨难，在今日看来如梦般，不敢回想，不能触摸。

若人生是一场考试，他觉得自己一定是超常发挥了。若是站在今日，告诉十年前的他，十年后，他会拥有这么多，他定然不会相信。可积蓄了那么多力量，咬着牙一步步走来，对昨日伤害他的人，他唯一能够说的只是，谢谢。

此时，就在宁夏，我听完一郎的故事，简直无法想象，在这个英俊而看似完美的男人背后，居然隐藏着这样的过往。

曾记得有人采访一个著名的女明星，如何看待她之前不太光鲜的过往，因问题太尖锐，她一笑而过：“你没有走过那一刻，怎么知道那路对你来说曾是最好的，就是因为那段经历，我才要绽放得更美丽。”

一个人，要走过多少路，隐藏多少伤口，才能展示自己最有力量的一面；一个人，要做多少牺牲，忍下多少委屈，才明白昨日的经历，不过是为了让自己更坚强。毕竟，最终塑造我们逐渐完美的是那些艰难时光，每一次挫败，都会在我们的灵魂深处种下坚韧的种子。一路艰难，必定成为支撑我们走下去的力量。

如果你也走在迷茫的路上，此时伤怀而不知所措，我希望你能明白，再也没有比这更适合的人生经历了。如果没有穿越漫漫黑暗，没有经历痛彻心扉的过往，你永远不会明白看到星光时的喜悦，也自然不会懂黎明的意义。

其实学会不说话是一件挺难的事儿。学会高兴不说，痛苦不说，得到不说，失去不说，跟朋友不说，跟家人也不说。自己慢慢消化情绪，但是在一切都过去之后一定要对自己说，还好坚持过来了。希望我们都能成为温柔而有力量的人。

感谢生活带给我们的所有，包括碰壁与挫折。因为每一段经历都会在无形之中拓宽我们生存的心境与空间。某种意义上，对精彩生活的期盼，不在于每日的灯红酒绿，不在于事业的风生水起，而在于面对惶恐与困难时，能强忍住气急败坏的情绪，亲眼目睹自身潜力的拉伸。

迷惘的时候，你要更坚定信念向前

文学大师木心说，“生命是什么呢，生命是时时刻刻不知如何是好。”

而我至今记得，在我受挫迷茫、不知如何是好的时候，阿爽告诉我：“不要荒废时光，也无须胡思乱想。你只需埋头将手头该做的事情做好，不要停止前进的脚步。”

1

阿爽是我的大师姐，长我几岁，曾经是学院的著名学霸。现在在外企担任资深HR的同时，还是一名出色的女性摄影师。工作上的她兢兢业业、认真严谨，业余时间便抱起相机潇洒走天下，作品多次刊发在摄影杂志上。

那日海边集体活动结束后，朋友们纷纷在帐篷内昏昏入睡，而她却始终坐在沙滩上等候。在夜深人静的时刻，阿爽按照预想的照片布局，支好相机支架、调好镜头焦距，并在适当的时刻按下了快门键。

不远处时不时传来浪涛拍岸的阵阵声响，黑夜里万里无云、星罗棋布，星空流淌着光痕熠熠，显得格外澄澈纯粹。我好奇地从帐篷中爬出来，观望着她这一系列举动。随后有一段漫长的等待相机曝光的时间，我们两人低声聊了起来。

彼时的我，正值学业中最为迷茫的时刻——暑期项目申请失败后的挫败感、对待大学专业的困惑感、面临未来道路选择的犹豫感、无所适从无处下手的恐惧感，全部不由分说，涌至心头。

阿爽听着我的倾诉，不由一笑，在错乱复杂的星象中指给我北极星的方向，并细致地讲述着每个星座大致的形状与模样。她说："你看这些星星，貌似杂乱无章，实际上都在我们肉眼无法捕捉到的轨迹里不断行走着。而你也是，可以迷茫，但千万不要以此为借口而止步不前。"

2

迷茫，是每个人都会经历的生活状态。阿爽师姐也曾有过专业学习与课余爱好的权衡，父母一再斥责她不要“不务正业”，并一遍遍帮她衡量利弊与得失。她也经历过摄影过程中久久无法突破的瓶颈，在一次次的挫败中产生自我怀疑。

阿爽师姐心情烦躁时便会去校园的湖边散步，看着湖面荡漾微波，就悄然剿灭了内心一隅的兵荒马乱，重归平静。“我告诉自己，眼下这个时刻，尽管来路不定，但努力学好功课，一遍一遍地去拍片、修片，总归是不会有错的。”

我突然意识到，眼前我所羡慕的阿爽，并非是一个理性到极致的神人。她的梦想也是在迷茫状态中，通过自己一点一滴的积累，水到渠成才实现的。

那一刻，我猛然想起很多人——

我见证过朋友在考研、工作、留学的道路上徘徊不定时，毅然决定每日沉浸在图书馆好几本几十厘米厚的专业语言学书中。当他说着一嘴流利的美腔英语时，无数的好选择接踵而至。

我见证过朋友失恋后无所适从，最终带着近二百斤的虚胖体型出入健身房，自此以后每次相见都会让我感到诧异，从体重的减轻到线条的凸显，到最后觅得一个更加漂亮贤淑的姑娘。

我也见证过朋友天天沉溺在游戏的世界无法自拔，他在生活中迷失了方向，用一种虚无的方式自我填充。大学挂科数门后，被学校硬生生地劝退……

3

终于，阿爽在相机上按下终止键，漫长的曝光时间结束了。我捧着相机，看着画面上那一道道还未加修饰的清晰星轨，突然感慨万分。

那些痴心人不由分说地埋头苦干，那些在迷茫困境中的不加退缩，在摸不清前路时一贯如故的辛勤耕耘，都会在今后不知什么时刻，悄悄地开花结果。

所以，当我们迷茫的时候，应该怎么办？

首先，坦然接受自身迷茫的状态。生命的道路充满着偶然的际遇与未知的变动，人类自身的存在及其意义本身便是一个复杂的命题，困惑与思考才是其中的常态。很多道路的开辟，正是源于一点一滴的摸索，才在点滴铺垫中水到渠成。

同时，感谢生活带给我们的所有，包括碰壁与挫折。因为每一段经历都会在无形之中拓宽我们生存的心境与空间。某种意义上，对精彩生活的期盼，不在于每日的灯红酒绿，不在于事业的风生水起，而在于面对惶恐与困难时，能强忍住气急败坏的情绪，亲眼目睹自身潜力的拉伸。

《浮士德》中有一句话说，“善良人在追求中纵然迷茫，却始终将意识到有一条正途。”不同人的诠释中，有着不同含义的“正途”，然而靠着努力的方式获取充实的感受，却着实也为“正途”的一种。埋头去做眼下我们认为对的事情，无论是学习一门外语，还是锻炼好的体魄，抑或习得一项新的生活技能。不知哪日，抬头一看，可能就是山重水复已走过，柳暗花明重又来。

任何人与事的成功都无法一蹴而就，每一阶段的抵达，身后都是一步一个脚印的积累。只要不急不躁，耐心努力，保持对新事物新领域探索的好奇，就是行进在成为更好自己的路上。慢慢来，请别急，生活终将为你备好所有的答案。

CHAPTER
01

一只站在树上的鸟儿，从来不会害怕树枝断裂，因为它相信的不是树枝，而是它自己的翅膀。与其每天担心未来，不如努力现在。成功的路上，只有奋斗才能给你最大的安全感。

你的全力以赴才能换回安稳和从容

这几天搬家，我把陈年旧物翻箱倒柜收拾了一遍，竟然翻出一个厚厚的笔记本。打开看，上面密密麻麻写满了字，是七年前的工作日志，有种穿越的感觉。

我一直有写心情的习惯，就是心里有什么感悟都会随手写下来。但把本子从头翻到尾，只看到一句话：好累呀，想休假。

本子里记录的全部是工作：某月某日，与韩国公司谈合资，起草合作协议；某月某日，青岛出差，谈项目；某月某日，公司拍宣传片，写文案……

看完自己忍不住笑了，我那时的日子除了工作似乎没有别的了。连一段矫情的话都没有，有点不符合我这装文艺的风格，可那几年的时光我就是那样过来的。

记得有一次去一家企业谈合作，和几位高管吃饭，其中一位老总调侃：“今天有秀色可餐，咱们一块儿喝点红酒，一醉方休。”

我大煞风景地说：“对不起，我不会喝酒，还是说说下一步的合作吧。”

那位老总一脸的哭笑不得：“不急，吃完饭再说。”

我穷追不舍：“吃完饭我还要回去，明天还有事，咱们边吃边谈吧。”

对方涵养很好，并未露出不悦之色，不过脸上分明写着一句话：这个人真无趣。一顿饭结束，我们已谈好所有的合作细节。

那时的我，脑子里只装着两个字：工作、工作、工作……每天一早从家出发，在班车上就想好这一天该做哪些事，打哪些电话，起草哪些东西。晚上回来，已累得筋疲力尽，但躺着看书时，也在想白天的事，看看有没有不完善的地方。

我并不是工作狂，这么拼，一部分原因是怕辜负了老板的信任，其实更多的是为了自己。为了自己不是一直被生活选择，而是可以有选择生活的机会。

其实，哪个女人不希望自己岁月静好？睡到日上三竿再起床，逛逛街，喝喝咖啡，和闺蜜约个午饭。可这一切，都需要有足够的资本来做底色。

记得有一天，老公一脸怨念地对我说：“你好多天没正眼看过我了。”我有点吃惊，抬头认真看他，竟有种面容恍惚的感觉。我心里不禁一阵酸楚，是啊，都忘了上一次和老公拥抱的时间了。作为妻子，我实在有些过分；也只是一刹那的内疚，我转身又投入了工作……还好，在这个世界上，从来不缺为了梦想风雨同行的人。

去年冬天，我采访了刚刚从欧洲巡演回来的新疆歌手帕尔哈提。我问："您这一路走来，最难的是什么时候？有过彷徨、寂寥、孤独、无助的时候吗？"

电话那端，帕尔哈提的声音有些伤感，他说："大约在十年前，我在酒吧里唱歌，当时酒吧的环境不太好，有的客人素质也很低，吵吵嚷嚷，摔摔打打，那一刻，我感到很伤心。每天对着一群不懂音乐的人唱歌，我感到对不起我的音乐，对不起我自己。我跑去超市，买了一堆吃的喝的，一个多月没有出门，躲在家里画画……"电话这端，我的泪水夺眶而出。他的心情，我懂得。

在一个无人懂艺术的地方唱歌，他大概只能是一堵背景墙。可斯时斯世，他还没有说"不"的底气，除了坚持，并没有太多选择。

那天，帕尔哈提还跟我谈到了他刚刚获得的一个奖项——荷兰"克劳斯亲王奖"，他掩饰不住内心的欢喜："我知道这个奖还是珍贵的，在颁奖现场——荷兰王宫里面，我唱了三首作品，非常荣幸。"

他的声音里，有开心，有骄傲，有淡定——那种淡定，是终于抵达岸边的轻松。

是啊，我们不是贾宝玉，不曾含着玉来到这个世间，不能生来就锦衣玉食。想要过上自己想要的生活，就必须要熬过那些无趣的日子。

在追逐自己梦想的路上，从来没有一帆风顺，没有一蹴而就，甚至还很枯燥。但没有拼搏过的人生终究苍白，没有繁华过得平淡终究浅薄。很多人，都是在熬过很多年之后，才有资格获得自己喜欢的生活。

回首过往，我满是感激。那几年，我做高管，当编辑，写专栏，每一次我都全力以赴，每一次我都踮起脚尖往上，往上……

而正是那些貌似无趣的时光，才能成就安稳从容的生活。熬过那段时光，你会发现，曾经梦想的一切，命运正一件一件送给你。

请不要在最能吃苦的时候选择安逸，没有人的青春是在红地毯上走过，既然梦想成为那个别人无法企及的自我，就应该选择一条属于自己的道路，为了到达终点，付出别人无法企及的努力。

花开便有花谢，乐起便有乐停，有得必会有失去。人生就是如此。时光是不会停歇的，它总是在自己的空间里行走着。而我们只需要学会调整好自己的心态，做一个懂得感恩时间的人，在人生的不同境遇中，做着该做的事情便好！

你的心态将决定你的方向

十年前，毕业犯了个错误，没拿到985大学的学位证，毕业证也没发，就给了个肄业证，去一家公司应聘当销售，非常努力，每天早上去提着两台巨重无比的设备出去推销，但因为应聘时隐瞒了自己没有学位证的事实，加上刚进入社会缺乏经验，生涩的很，到了那年的12月31日，被那家公司开除了。

回来的路曲曲折折，我瘫在四处漏风的公交车上一个多小时才到了家，心如死灰，觉得自己一无所能。

即使是十年前，北京的房租也很贵，那时候因为穷，租的房间连窗户都没有，冬冷夏热是标配，那天晚上正好赶上闹耗子，房东阿姨给了我一个粘耗子的板子，元旦那天早上我起床一看，原来粘了一窝刚出生的小耗子，就我小拇指那么大，那个板儿把耗子粘的严严实实，耗子不停地翻滚挣扎，反倒挣下了一身皮毛，血肉模糊。

那天大雪连天，早上我穿个趿拉板儿，把那些挣扎到脱了皮的小耗子扔到垃圾箱里。我突然觉得自己和这一窝刚出生的小耗子非常像，刚进入社会却看不到一点希望，鼻子一酸，像个娘们一样在路边嘤嘤哭起来了，惹得周围的路人都停下来看着我。

这一场哭的工夫，我想了很多事，发了很多毒誓。不过现实依然很残酷，我在我那个小黑屋里整整呆了三个月才找到工作，我挨个给公司前台打电话，要求见人力资源部给个面试的机会，多数时候石沉大海杳无音信。后来好不容易找到了一家公司，国企改制企业，因为我没学位，前前后后和人力耗了两个月，最后是我反复给部门经理打电话请求给我一个机会，他们才决定要我。

对那时的我，这真是一根救命稻草，因为此前人生之路无比顺畅，自己从未步入过绝境，而毕业就折腾那一下，感觉十几年的努力付之东流了。

我一下子变成了那个公司最勤奋的人，那时候公司九点上班，我每天早上八点到公司，八点半开始准时打第一个电话，因为那时候我负责的是铁路系统销售，我发现客户在八点半到九点间接电话最轻松；我经常最后一个离开公司，因为要给西藏和新疆的客户打电话，他们和我们有两个小时时差，我得趁着下班那股子轻松劲碰碰运气，看看他们要不要买设备。

可我的天赋依然很差，那时的我啊，连和人唠家常的天分都没有，刚入职时刚好赶上了部门building，我和一个一起入职的女孩分到了部门经理的车上，一路上人俩人儿有说有笑，而我一句话都没有说——我不知道该怎么插话，也不敢说，怕说错话人家讨厌我。我那时候真羡慕和嫉妒那个女孩，觉得唠家常是非常牛逼的天赋，她有我没有。

试用期过得也很艰险，其他入职的人都顺利通过了，对我的考核是介绍产品，我头一天把介绍产品的方案写了一遍然后背得滚瓜烂熟，到讲的时候吭哧瘪肚一句完整的话都连不上，部门经理纳闷地看着部门副总：要不要他？

留下我的是部门副总，他欣赏我的勤奋。在那家公司真正遇到转折的是两件事，第一件事是我在打扫卫生时发现了之前离职的所有销售的笔记，那个时候还不太流行电脑记东西，这些不大成功的前辈们把他们长久以来的工作都记在了本上，因为统统是没有业绩的失败者，所以部门也没什么人上心整理他们的客户。我把上面所有的内容都整理在电脑上，然后有记电话的就打，没有电话有公司名的查114或者互联网又重新找了出来，速度异常的快，两个礼拜就把所有内容整理完了，这样我手里抓了一大批客户，后来发光发热的也是这批客户。

第二件事是一个古怪的客户，老铁路，南方省人，他性格很急躁，有点怪，我每次给他打电话，战战兢兢的想和他聊几句天，问问他有没有买设备的需求，他都会非常粗暴地打断我，告诉我没有需求，要买的时候再联系你。

我一直是个非常“墨迹”的人，坚持一个礼拜给所有客户打一个电话，周而复始，我打他挂，态度永远粗暴，直到半年以后，一个周五的下午，他给我打了个电话：我要买设备里，明天你来××（某省省会）吧。

我一头雾水，正要问，无奈他又把电话挂了，我只好硬着头皮买了去那个城市的火车票，临走前我记得他家老爷子是山东人，喜欢吃南方没有的酱菜，我就去六必居买了一大包各式各样的酱菜给他带了过去。

到了××市我才知道，那老大哥对他领导的态度比对我粗鲁一百倍，细节不表，只说他最后几乎是扛住了全处领导的反对和我签了合同。

回去的火车上我还有点蒙，因为那是我第一个合同，六十七万一千五。是的，虽然我第一个单花了半年多时间，但如人生本就诡异奇怪一样，后面我的合同如雨后春笋一样，而且越来越大，到那年年底，我已经带着同时入职的几个人一起干活了。

这以后又是各种各样的风风雨雨，简单总结就是：我大概花了五年时间苦苦追赶，又可以和我的同学们坐在一起喝咖啡，他们有的在著名央企，还有些在著名外企；又花了五年时间努力赶超，辅佐了一个企业完成上市，我自己做过投资上十亿的项目，也顺利实现了计划中的收入。

您可能以为我完成了逆袭，从最苦难的日子走了出来，事实上我也是这么想的，我觉得这十年吃了这么多年的苦，一直努力追赶，现在终于得偿所愿，可以开开心心快快乐乐的规划自己工作的第二个十年，享受人生。谁知命运又一次和我开了玩笑，这一次，真的把我拽到了人生谷底。

我两岁的儿子被确诊为一种罕见的神经性疾病，需要终身干预，而且无药可治。

我哑然失笑：这是我的命啊，或许我的命本该过得糊涂松垮，我追求的越多，仿佛失去的就越多，我从自己的身上看到了那个把石头一遍遍推到山顶又无情滚落的西西弗的宿命。

不过这一次我也变得更加强大，多年来的经历告诉我，当任何一件坏事发生时，在坏事背后一定有等量的好事在等着我，我只需要把积极的那一面找出来。

我发现，这个病是一个苦难的行业，这些孩子被发现患有这个病后，因为昂贵而长期的治疗费用，很多家庭几乎一夜之间从中产阶级沦为底层群体；同时这个病又是富贵病，它几乎在富裕国家高爆发式增长，比如在中国最近三年是它的高爆发期，患病的孩子呈几何级数增长。

我决定为了这个病做些什么，我约了几个挚友，诚挚地邀请了国内和海外的一些专家，开了一家公司，期望帮助和我一样苦难的家长们。大家的痛，感同身受，我好像一下子又回到了起点，回到了十年前的那个工作状态，把自己填进去，找团队，找投资，用我的勤奋和思考解决我那些不熟悉的问题，全力以赴。

想起读《基督山伯爵》时，自己非常喜欢最后那句话：世界上本没有快乐与痛苦，只有一种状态与另一种状态的比较。经历过这么多事，我强烈地感觉到，人生幸福与否，其实并不取决于于生活怎么对待我们，而是源于我们对待生活的态度。不幸福的人，无论怎样幸运，生活依然不幸，而幸福的人，只会靠勤奋和努力把握自己的命运。

杯子满了，泡了好茶也得喝掉再续。心态平和：失败之时不气馁，成功之时不忘形，始终心平气和、心定气顺。心胸开阔：用开阔的心胸容人容事，是一种精神、一种品质、一种境界。心情快乐：心情好，人生就会变得美好起来。心灵纯净：只有心灵的淡定、纯净才能产生身心愉悦！

乔布斯谈优秀的产品设计："这一直是我的一个秘诀——专注和简洁。简单比复杂更难：你必须付出巨大艰辛，化繁为简。但这一切到最后都是值得的，因为一旦你做到了，你便能创造奇迹。"

你拥有得太少，是你的艰辛还不够

在我们家族，各行各业从业者都有。从政的，从商的，人民教师的，农民的，企业职员的。从收入水平看，就目前而言，自然是从商的赚的钱稍微比其他人都多一些。但是，亲眼目睹过去几年几位兄弟从商的工作状态，我真的没有羡慕过他们收入比我高，因为，他们的那种工作强度，那种紧张忙碌，那种工作压力，是我根本承受不起的。

1

我记得有一次我闲来无事，和我堂妹做了一个统计，统计一个从商的堂哥每天要打多少个电话，发多少条短信，结果我们惊讶地发现，一个月下来，他平均每天要打将近100个电话，每天要发近50条短信，光光是电话短信费用一个月都是要论千块的。有时候我们和他开玩笑，说如果按照他打电话的时间比例算，和家人打电话的时间都占不到客户电话时间的百分之一。每一次他都无奈的冷笑，然后又不好意思的接着下一个客户电话，一接就是一连串。

不少人可能觉得太不可思议了，一天有那么多电话要打，有那么多短信要发，但是，对于他而言，这是工作的常态。有时候，我们还在吃饭，突然接到一个客户电话，说到哪里了，需要去接见，然后饭刚刚吃到一半放下碗筷就走了。有时候，为了难得团聚的过节放假，千辛万苦叮咛家里人要回家吃饭，结果回来半路接到新的电话，晚上临时有安排，最终还是与刚刚煮熟的饭菜擦肩而过。我起初以为他工作效率不高才这么忙碌，结果当我有一天认识他的前领导，我发现他那已经是小巫见大巫了。

2

堂哥的前领导可以说是一个工作狂，一个月在家呆的时间不到四五天。今天飞这个区域了解市场，明天飞另外区域开客户会。平时稍微闲下来一点就开始与同行开协同会，每天都和打鸡血似的。

有一次，我们去桂林玩，那位领导请了我们吃饭，结果我们饿着肚子看着桌上丰盛的饭菜足足等了两个多小时也没见人，最后他告诉我们一个客户突然打电话过来，耽误了。我问他平时这么忙，怎么陪家人，他开玩笑说："有女不嫁销售郎，以后你要记住了。"然后看着我身边从商需要整天跑销售的堂兄，我们不约而同附和："打光棍的前奏啊，你可得想清楚了。"

很多人会问，这么忙碌的工作，值吗？每个人的权衡标准不同，没有值不值。但是，我想说，人家一个月领着我们好几年的工资，如果轻轻松松，一点都不忙碌、不劳累、没压力，那多半恐怕是骗人的吧。

3

我看到一些微商老是宣传说做微商如何轻轻松松赚到钱，过上有钱人的生活，还有一个人曾经为了说服我代理她的产品，把我的工作还有投资实体行业都诋毁得一文不值。

在她看来，不做微商都是跟不上潮流的，都是落伍的，她还说做微商一年赚个几十万上百万都是特别轻松的事情，不像我这样一个月也赚不到万把块钱。但是，后来我认识几个做微商的朋友，他们告诉了我很多真相，我才惊讶地发现，大部分的微商，是不赚钱的。

有一个做微商的朋友，亏得血本无归，来求我借她点钱，我问她："你之前不是说只要和你做，都能够发家致富吗？"她说："我就是急功近利，希望早点过上有钱的生活。"

这个朋友的遭遇不禁让我感慨，其实，赚钱真不是那么轻松的事情。在我认识的人里面，能够赚到比普通人多很多的人，都是靠十年如一日血拼出来的，没有谁像广告里说的那么轻松。写作的作家，十年笔耕不辍，才实现财务自由；创业的小鲜肉，当年不知睡过多久地下室，而今才可以睡上席梦思；成功转型的全职妈妈，刚刚离开家庭的时候，曾经伴随多少的迷茫和无奈，终于才适应职场成功逆袭。在他们当中，都有一个共同的特点，那就是承受得住比常人更多的压力，忙起来有时候不分白天和黑夜。

4

我有一个做直销做得还不错的朋友，他靠做直销产品，毕业四年自己买了车子房子还成为了一个地区的主管，但是，如果我告诉你他有多累有多拼，你一定吓坏了。他说他之所以能够有那么多下线，每天源源不断地给他增加收入，是因为他自从做直销产品那天起，六七年了，每天早上都是六点钟就要起来，逐个用打问候电话，而且态度是那种特别激情澎湃的，无论刮风下雨，从未间断。他说他回老家的时候，每天早上起来都这样大声地对别人说相信梦想相信坚持的力量等等，他父母都以为他疯了。因为他说连对他父母，他都没有说过那么多好听的话，也没有过这么热情。我问他：“你做这个工作，最大的成就是什么，最委屈的时候是什么？”他说：“最大的成就是赚到钱了，但是最委屈的时候是我觉得自己都有点不喜欢自己了，觉得自己特别虚伪。”

是啊，自己都不喜欢那样做，但是，为了能够比别人赚到更多的钱，多少人选择了变成连自己都讨厌的自己。这大概就是人家拥有财富的代价吧，承受得起多大的压力，就配拥有多少的财富。如果你每天都轻轻松松就知道抱怨自己拥有的太少，而别人拥有的太多，那一定是你还不够了解别人赚钱的艰辛。

上帝是公平的，有付出就会有收获。可能收获的东西不是我们当初所设想的，也可能收获的时间不是我们当初所希望的，但是一定会有收获。我们付出汗水，得到酬劳；付出时间，得到知识；付出真心，得到爱情；付出代价，得到经验；付出艰辛，得到成长……人生不是等价交换，凡事不要斤斤计较。

我们有时总把后果看得过于严重，最后难为了自己。就像小学时考了不及格，站在家门口不敢敲门。其实门那边是热气腾腾的饭菜和妈妈的一句：没关系啊，努力了就很好。回过头来看，那些曾经让自己寝食难安的事，大多败给了想象。

其实很多事并没有你想象得那么糟糕

奶油的甜和咖啡的苦多半都是来自于我们的想象吧，生活也是这样。

生活中的痛苦、疲惫以及困难，很多都是“虚无”的，都是被我们制造出来的。能够给予我们力量，让我们开心的，其实并不是某本书、某个公众号，或者MissorMr.Right，甚至都不是所谓的成功，而是我们内心的平和及安宁。这种安宁的基础，建立在对这个世界与自己的理解之上。

有很多朋友告诉我，虽然他们获得了他人眼中的成功，但是并不快乐，因为他们总是伪装自己，去符合家长、老师乃至这个社会的期待，结果弄得自己疲惫不堪，换回了所谓的“成功”。而我，无法伪装，因为患有脑瘫，我无法改变走路姿势、说话的声音或者其他的一些东西。

其实，这个社会也给所谓的残障者安排了一条路，在那条路上我也无须伪装，但我知道它不会让我快乐。所以我只有自己去探索，去与自己和世界对话。

写到这儿，我得稍微岔开下话题，解释下我的身体状况。因为出生时的一次医疗事故，我患上了一种俗称“脑瘫”，学名叫“脑性瘫痪”的疾病。

顾名思义，“脑性瘫痪”指的是由于脑部运动神经受损而导致的瘫痪，它不光让你不能够正常地行走，还会彻底地损害你的运动机能，比如说，你会拿不好筷子，说不清楚话（发声是靠声带的运动），会做鬼脸（面部肌肉的不协调运动）。

很不幸，以上提到的三种症状，在我身上都有体现：我走路像只企鹅，摇摇晃晃的；我说话的声音起伏不定，听上去就像是在哽咽；在小时候，我的面部经常会出现鬼脸，鼻子、眼睛和嘴巴都拧成一团，挤在一起，好不吓人。

作为一个所谓的残障者——我不太喜欢残障者这种分类，所以我叫它“所谓的”——在中国这种文化语境下，你的潜能几乎是被否定的——人们只会担心你是否能够自立地活下去，而不是期待你能够成就一些事情，或者去做一些你自己真正喜欢做的事。

于是，你自然就会问自己很多问题，比如：我是什么样的人？为什么有一些人把我当成异类？我能交到真正的朋友吗？我可以做自己想做的事情吗？我努力学习有用吗？我可以找到工作吗？在职场中，我会遭到歧视吗？我可以去追求我喜欢的异性（或者同性）吗？我能够组建一个属于我的家庭吗？我能够有一个健康、快乐的孩子吗？我能够给予自己的孩子像别的父母那样的支持和照顾吗？

因此，我的整个青春都在探索一个问题：怎么克服残障带给我的影响。（为了弄明白这个问题，我几乎都快成为一个人类学家了。）很少有人能深刻地理解这个问题：残障不仅仅会带给人们生理上的失能，也不仅仅会因为生理上的失能而导致在经济社会中的弱势，更重要的是价值观上的影响。

现在的我，看到这些被自己罗列出的问题的时候，只是轻轻地笑了下，因为我知道这些问题没什么大不了的，不用刻意地去钻研，也不用为此焦虑，只管去好好生活、好好爱就好。可是在十年前，这些问题却差点让我走向自我毁灭。但是人的生命力真的是强大的，人们从不会轻易放弃自己。正是这种对于生命的热爱，把我引向了一条未曾有人走过的路——去寻找这些问题的答案。

一般来说，残障者对待残障的态度，大概可以分为两种：一种是承认自己是残障者或者是处在一种残障的状态，在残障的框架内解决问题，简单来说就是他们承认自己不具备某些能力，并且对这样的失能处之泰然；另外一种，是视这种失能为不可接受的、一定要克服的事情，把这种思想发挥到极致的是“刀锋战士”。

我在这儿并不想谈论离我那么遥远的“刀锋战士”，我想说说朱宋和我。

朱宋是我在去往郑州的火车上认识的。在火车上，我总是睡不踏实，一般在硬卧车厢还是漆黑一片的凌晨四点钟，我就会醒过来。然后，我经常会一个人摸到过道上，拉开椅子，坐下。我喜欢一个人在这种时候坐在那里静静地望着窗外发呆，外面的物体在蒙蒙亮的天光中，像是披着纱、蒙着雾，充满神秘的色彩，这个时候，你会惊异于这个世界的广阔。

正当我盯着窗外发呆的时候，我突然注意到在车厢另一头的光影中站着一个后背极其佝偻的人，与其说他有点驼背，倒不如说他像只蜗牛——他的背后有一个大大的突起，像是脊柱裂患者身上常见的那样的肿块。他就是朱宋，一个旅行者。

我很自然地过去搭讪，他对别人也没有什么戒备，我们很快就进入了一些深刻的话题中，我知道了他因为背上的肿块而大小便失禁，所以一直穿着一次性纸尿裤。

“那你为什么还一个人逃了课出来旅行？”很自然的，我这样问他。

“那你呢？”他反问我道。

“因为……喜欢。”我这样说着，可是我喜欢的是什么，自己却无法说清楚。

他指了指他后背上的肿块，换了一种自言自语式的声调说道：“它一直不希望我可以自由地行走，但我学会了走路，学会了一个人旅行。”

后来，我渐渐明白，我和朱宋是如此的相似，他的言下之意我明白，他是要克服他的疾病带给他的障碍。我又何尝不是：我参加过马拉松比赛，为此我专门参加过体校的训练（在那里我遇到真正改变我的两个人——徐老师和曼曼），但是我在那些温度高达40度的跑道上进行十公里基础耐力跑的时候，我所感受到的不是身体的疲惫、肌肉的酸痛，也不是跑步带给我的乐趣（跑步是很有趣，我现在可以感受得到），我脑海中只有一个念头——我要克服脑瘫，我要克服残障；多少次跟妈妈意见不合，她顾虑我的安全，规劝我不要去远的地方，我都跟她激烈地争吵，那时候，我的脑海里也只有一个念头——我要克服脑瘫，我要克服残障；即便是游泳训练时受了伤，肌肉严重受损，我依然吃了止疼药，坚持着完成了比赛，那时我脑海中还是只有一个念头——我要克服脑瘫，我要克服残障。

你也许不能够体会这些，我只能做个简单的比喻，这就和人们反抗暴政与压迫是一个道理。

受伤了之后，我躺在床上三个月不能动弹，无法下床走路，没办法洗澡；我接着花了一年时间做康复训练，但是直到现在我也没有完全康复。这期间，我思考了很多。

是曼曼让我有了一些领悟。

那天，我去找曼曼玩，她跟我说，她跟她的男友关系进展得不错，然后不知道为什么说起了曾经和我们在一个田径场里面训练的残障人队伍，曼曼对我说：每个人都有弱点，不要在意那些。我当时笑呵呵地换到了下一个话题，可是在去火车站的地铁列车里，我失声痛哭。因为，我一下子明白了很多事情。

我明白了，为什么我一直不敢接近曼曼，难道不是因为我知道七成多的残障者的婚姻生活都不和谐，所以我怕像他们一样，最终伤害了曼曼？难道不是因为我知道有八到九成的残障者的子女没有同龄的其他孩子优秀，只是因为那种基于残障的世界观和不充足的物质支持，所以我害怕我的孩子也会受之影响？

我明白了，为什么我逼着自己学习了那么多技能，而在我真正喜欢的计算机领域却毫无建树。难道不是因为我知道残障群体的实际失业率是70%-80%，残障群体的就业成功率也低得怕人？所以我不敢把鸡蛋放在一个篮子里，故而在扩张技能数量的过程中寻找一种心理安慰。

归根结底，最大的障碍是我们的顾虑与软弱，换句话说，是我们对于“残障”这个概念的恐惧与误解。但是，这也是人之常情，这就是文化的力量——我们是文化中的弱者，虽然不一定是事实上的弱者。

还有，现在主流的价值观认为造成残障者弱势的原因在于社会中其他人的“歧视”和不便利的公共设施。对于我个人来说，这个观念有一个险恶的隐喻，它就好像在说——你要是想做一些你自己想做的事，成为你自己想要成为的样子，就必须要改变社会，或者等待社会做出改变，而当个体面对社会的时候，永远都是势单力薄、无力无助的。这就是这个观念的矛盾之处，它表面上促进了当下的融合，而实质上却加剧了当下的对立。

也许我们每个人都可以举重若轻地说，我们只是人，不是残障人，学着不戴有色眼镜的方式，去看待周遭的事物，去感受爱，去迎接机遇与挑战，去勇敢地做自己。倘若这样，也许障碍就会少很多。

因为上面这些偶然与必然的原因，我踏上了一条与绝大多数人都不一样的道路：当大多数的孩子坐在教室中与书本和试题为伴的时候，我在火车车厢中、在社区调研的现场、在福利中心孩子们的床边、在那些遭受了创伤的新生残障者的房间里……我去了很多地方，看过了很多日出，遇见过很多人。

有两个动力支持我一直走在路上：

第一，是上文提到过的，找寻一些问题的答案。因为走路摇摇晃晃，说话口齿不清，看上去与周围的人有很大的不同，所以我想要找到作为一个“不太一样”的人，与外界对话以及获得幸福生活的方式；

第二，希望尽自己的一份力去为那些生活在这个世界的边缘以及角落里的人们带去一些有趣的东西，因为每个生命都是值得被珍视的。

我很幸运，遇到了那么多神奇的人，他们对自己所面对的问题的回应，体现了他们对于自我、幸福、满足、归属感、成就感、自由和爱的独立思考。这样的过程感动了我，也带给了我很多启发。

其实，很多事情都不像它们表面上所呈现出的那个样子，只要我们抱有一颗平常心，它们就不会像看上去那么糟糕。

生活，无须复杂，简单就足够了；人生的高度，一半始于个人努力，一半源自众多选择。人生，有时就在半梦半醒之间！真实的生活是，认真做好每一天你分内的事情。不纠缠于多余情绪和评断。

人生之路，不会笔直向前的，总有崎岖泥泞，总有坎坷艰辛；我们前进的方向不会永远是正确的，总会做一些错事，总会走一些弯道。做错了事，我们会明白很多道理；走错了路，我们会经受别样磨砺。让我们在错误中寻觅，寻觅能够温暖心灵的真理；让我们在弯道里探求，探求能够延长人生的风景。

缺少沟坎的人生不精彩

看《神雕侠侣》时，就有一种磨难造就了杨过的感觉。

要不是从小孤苦伶仃、尝尽人间冷暖，就不会养成自卑傲慢的性格；要不是自卑傲慢又被其父拖累，就不会不容于桃花岛；要不是不容于桃花岛，就不会去全真教；要不是去了全真教，就不会被赵志敬欺负；要不是被赵志敬欺负，就不会逃命到古墓。

但正是因为逃命到古墓，杨过才能有机会和小龙女结缘，才能有后面的种种机缘，最后成了神雕大侠。

古文有句：天将降大任于斯人也，先苦其心志、劳其筋骨、饿其体肤、空乏其身，增益其所不能。这句话说得很有深意。有大成就的人必是做大事之人，做大事之人必是有大能之人，而人之大能必是在大危大难的磨砺之中增益的。

上天给你这么多痛苦，无非是想让你增加自己的能力。大危大难才能出大能，危机和苦难是一种变相的天赐，它们是你寻求突破的契机。突破就是打破旧我重塑新我的过程，打破和重塑必定身心俱苦，但成长却正是这种过程的不断轮循。只有慧眼识珠的人才懂得把危机当转机，把苦难当磨砺，把黑暗当成黎明的开始，把痛苦当成新生的契机。

其实不光是电视剧，现实生活中这样的例子比比皆是。

这半年多，小兰过得很辛苦。公司部门大调整，更换了掌舵人。新领导一上任，大到组织结构、岗位职责、工作流程，小到领导的沟通方式、性格特点、个人喜好都变了。

新领导安排工作时喜欢轻描淡写，但验收工作时却极其明确和严格。领导本来就技术出身，又是自我要求极高之人，对自己负责的产品经常比肩行业头牌，甩给小兰的课题非常前沿和高深。

小兰经常要在两三天之内啃掉一本英文资料，在一下午的时间里头脑风暴出三个方案，用半小时的功夫解决掉领导随手扔出来的炸弹。工作上的变化，让英语一般、技术不专的小兰痛苦不已。

和小兰相同岗位的同事们都习惯了不接触英语和技术的工作方式，他们不想改变，所以陆陆续续离了职。要不是小兰每一次都能极力牵制住不想干了的冲动，根本无法坚持下去。

大约半年后，小兰和表弟闲聊，谈到了当今的某一前沿技术，这正好是小兰近段时间一直研究的课题。小兰发现表弟有很多疑问，就把自己了解的内容给表弟从头到尾讲了一遍。表弟听后，直夸小兰专业。

这句“专业”触动了小兰的内心。让她突然缓过了神儿，要不是熬过这半年多的痛苦，她又怎么能得到“专业”的夸奖。

她慢慢回忆最近的工作情况，发现很多变化已经悄然发生：英语文档越看越顺、被领导驳回的方案越来越少、发表的意见越来越被认可、承担的任务越来越重。曾经在团队边缘可有可无的人已然成了核心成员。

而那些离职的同事，只不过换了一个公司，仍然做着早已熟练的工作，轻松但却毫无长进。

每一个成就和长进，都蕴含着你曾经忍过的痛苦、受过的寂寞、洒过的汗水、流过的眼泪。熬得住就出众，熬不住就出局。收获和成长，正是因为坚持不懈的努力。

我有一个表姑父，在我们那里是个非常有名的油画家。有一次，我向表姑父取经，问他怎么做才能在当年不被看好的领域里闯出名堂。

问之前我已经做好了准备，以为表姑父会大谈特谈天赋和热爱。没想到他却回了我四个字：剩者为王。

见我一头雾水，表姑父继续解释。他说，不是“胜利”的“胜”，而是“剩余”的“剩”。他只是在别人都选择放弃另投它行的时候，努力地把自己剩在了这个行业里。舍之，朽木不折；锲而不舍，金石可镂。

想当初一起学画的同学当中，表姑父是最不起眼的学生。他画一天的作品，很多天才学生才画两小时。他找一天的灵感，天才学生们一眨眼就来了。他常常感叹天才同学的天马行空和出神入化。可惜，那些天才们都迫于生计选择了放弃，只有表姑父咬着牙坚持了下来。

技能总是在一次次的练习中精湛，手感总是在一次次的坚持中纯熟。风格会在千百次练习后自成一格，灵感会在持续不断的沁入中孵化养成。

真正的天才，是长期的坚持不懈。天赋只能决定你的起点，坚持才能决定你的终点。

和老爸闲聊时，我最喜欢听他讲以前的老故事。

他讲他上高中时要走的土路。天晴的时候，路上的土又硬又梗，一路骑车上下学，屁股颠得麻麻地疼。要是赶上放学时下大雨，那更惨。厚泥卷着车轮不动，车子根本没法骑，要淋着大雨一路拖着车回家。

他讲新婚后的艰难日子。那时候很穷，为了赚钱，什么脏活累活都干，有时候还得冒着生命危险。最高的架子没人敢上，他要上。最偏的地方没人敢去，他要去。

我问他，为什么喜欢讲苦日子。他说，那些舒坦平顺的日子都渐渐淡了，反而是那些年熬过的苦日子在脑海里越来越清晰，越品越有味儿。

当你一路披荆斩棘获得现在的幸福，你会特别感激和庆幸。感谢曾经的自己那么勇敢，庆幸曾经的自己那么坚持。

不辣喉的酒不香，不带刺的玫瑰不媚。缺少遗憾的青春不完美，缺少沟坎的人生不精彩。而那些挺过的难关，终将成为一种最有力的印证，印证着你不曾平凡、有过努力的人生。

要成功先发疯，并不是真正意义上的疯，而是充满激情、不顾一切地去努力，去拼命。在拼命的途中，不管遇到多少风雨都要咬牙坚持，无论山有多高水有多深，都要咬牙前进，前进，再前进。面对困难，你不能考虑是否能走过去，而是不顾一切向前冲，你要坚信自己一定能过去，然后你才能过去。

事事不能太精，太精无路；待人不能太苛，太苛无友。懂得退让，方显大气；知道包容，方显大度。己之短，不可藏，越藏越短；己之长，不可扬，越扬越少。得意时莫炫，失意时莫馁。花无百日红，人无百日衰。不要嘲笑他人的努力，不要轻视他人的成绩。每个人的价值不同，无需对任何人不屑。在你眼中的无用价值，未必真的无用。不轻一人，不废一物。以一颗谦卑心，看身边人；以一颗恭敬心，看身边事。

虽然满身泥泞，也能无比精彩

能够落在地上的绝非是眼泪，而是我们一步一个的脚印。

换了一份工作，是一家外企，听到新同事们用英语直接交流，我好生羡慕，却也无可奈何，尤其对我这样一个英语底子薄弱的人来说，短时间内提升英语，似乎太难了。

一个主管王凯看到我那么着急，说他可以帮我学英语，他以前是一家英文培训机构的老师，可以毫不费力地帮我把英语提高上来，但前提是我得配合他的要求。

王凯把要求写在了一张白纸上，让我每天看那张纸，比如，早晨起来要拿出半个小时读英文，中午听BBC，晚上睡觉前看单词。除此，内心还要保持简单，就是短时间内，什么都别想，就想我要学好英语，一定要学好。

我点头答应："好的，好的，这个好实现呢！"

他笑了："不见得好实现，不如试试看吧！"

结果，我坚持不到一个星期，就气馁了，说真的，他的要求看似简单，但在执行的过程中，我却发现，日常琐碎会打破这些计划。比如你正背着单词，却发现还没有吃早餐；吃过午饭时，你想听BBC，却困得睁不开眼睛；晚上睡觉前，躺在床上便呼呼大睡，自然会忘记所有的安排……

我把这些苦恼讲给王凯听，凯哥笑了，你这些困难每个人都要面对的，不只是你，事实上，决定成败的并非是我们遇见的困难，而是我们在它面前的反应。

有人会妥协，有人会逃避，有人会换一个方向，有人会盲目离开，每个人的选择都忠实于自己。

原来，当年凯哥是北京体育大学毕业的体育生。毕业那年，一场意外伤到了他的腿，那个暑假，其他同学都在找工作，只有他一个人默默地躺在病床上，煎熬着时光。

好消息陆续传来，但都不属于他。他的室友们都应聘上了体育老师，那也是他梦寐以求的职业。大学毕业，丢给他的仅有失望与遗憾，他不能做体育老师，却也没有其他的打算。他躺在病床上，眼睛瞪着天花板，青春在那段时间一下过完了，他意识到自己要为前程做一个打算，定一个目标。

他的心是悲观的，甚至有些不自量力，他一边规划一边嘲笑自己，突然觉得自己是那么无力、无能，身为七尺男儿，居然无法站稳，还要在这里谈论人生规划？

一怒之下，他拔掉手面上的正在打点滴的针头，看着流血的伤口而无动于衷。

此时，一个坐着轮椅路过他病房的女孩见状，赶紧喊来医生，为他包扎伤口。

她站在他的病床前，与他分享自己的故事。

她是人大的研究生，现在读研究生二年级，本来要去美国做交换生，去那里读两年书，她一直觉得自己是世界上最幸运的女孩。一天早晨醒来，她却不幸地发现自己的腿肿了，她一开始以为是劳累所致，未想那么多。腿越来越肿，肿到她无力行走，妈妈曾责怪是她太娇气，还特意带她去中医院按摩，当中医建议她住院治疗时，她才意识到事态的严重。

她只知道自己得了重病，却不知自己究竟是什么病。她在这个医院住了很久，一开始也有想过要轻生，后来却觉得人终有一死，想死得有尊严一点儿。可对于一个不知自己病情的人、一个不想打破此时宁静的人来说，有尊严的死也是一种挑战。

于是，她只好坐着轮椅，在病房里来回走动，帮助一些需要帮助的人，她说，自己并不是信佛之人，但她依然相信善意的举动或许能帮到自己的来生。女孩是悲观主义者，她却想用仅有的力量帮到别人，换来一点点儿乐观，以及生的尊严。

凯哥听到这里，早已被感动得不知所措，想想刚刚的举动，自己真是太鲁莽了。他开始自学英语，梦想成为某英语培训机构的英文老师。

他不再把注意力放在自己的腿上，每天早晨醒来，第一件事就是背单词，晚上睡觉前抄写总统的演讲文，除了睡着，他醒着的时候都用来学英文。他逐渐忘记自己还是个病人，也不再羡慕那些毕业就能去做老师的人，他只期待自己赶紧好起来，可以去应聘某机构的英文老师。

直到他出院，他都没有再见过那个女孩，也不知她身患怎样的重病，有着怎样的故事，以后会有着怎样的人生。如果一切都不如意，那就如她所愿，让她有尊严地死去，也能了却一个女孩的心愿吧?

终于，一切如他所愿，他成了某机构的英文老师，他一路向前努力着，每天上课时，他都会寻找与女孩相似的脸庞，他期待看到她，一直牵挂着她，却再也没有见到她。他的内心没有失落，反而有些不安。或许，从她开导完他，她便离开这世界了吧?

茫茫人海，某一束亮光照在我们身上，我们便成为另一个人，一个悲观主义者的内心悄然升起希望，一个几乎绝望的人开始向往梦想的生活，一个死者开始行动去帮助尚有希望的人，而这就是女孩所说的有尊严地活着或死去吧！

我们总期待，人生啊，再平坦一些吧，命运啊，请不要给予太多我们无法接受的离奇。

可我们的双脚就踩在那泥泞的路上、平坦的地上，无论你的心有多么悲伤，只要双脚上有沉重的肉体，那脚印就能深深印在大地之上。它在告诉你，你来过，你真的来过，你曾在这里发生过故事，也曾在这里有过一段离奇的生活，你接受过命运的考验，曾跌倒过，后来从容地爬起来，拼尽全力地跑过去，虽然满身泥泞，却也无比精彩。

因为那清晰的脚印，就踩在最泥泞的路上，而能够落在地上的绝非眼泪，而是我们一步一个的脚印。

给自己加油，不需要理由，人生时时都会有喜有忧，做自己的朋友，分享喜怒哀愁，每天是新的开始，可遇不可求，幸福就在身边，珍惜不要溜走，为美丽明天，努力奋斗！

当你做一件事，第一次失败时，你鼓励自己再来一次；当你想要达到一个成绩，第一次没有达到时，你给自己加油：再来一次！当你想实现一个目标，却发现路途遥远，举步维艰的时候，你在心里给自己不停地鼓劲：我要努力，不然永远都没有成功的可能。你会发现，一点点小成绩，都可能让你满心欢喜；而越来越多的小成绩，就会改变你的生活，实现你的梦想，达成的你愿望。

因为差距，所以你才更要奋勇向前

1

前几天后台一位小读者跟我聊天，她说自己今年刚上大一，因为从小家住农村，总觉得跟其他几个城市来的室友不在同一频道上，她们谈论的旅行路线，探讨的电影杂志，阅读的各种名人书刊自己从来没想过，更别提听到过了。

这使得她觉得自己跟别人之间的差距太大了，自己在高中之前除了读书什么都没见过。虽然室友人都挺好的，也都愿意带她去尝试新的事物，但是每次跟她们出去逛街吃饭回来，都会使她感到越发自卑。

吃个饭吧，点菜时，各个娴熟的样子，只有她一个人不知道该点什么；

逛个街吧，进的商场，买的衣服她从来都没见过，只能默默地跟在身后瞄几眼；本以为学习应该是自己的强项了吧，但是第一次月考她才发现，她懂的别人也懂，她不会的别人还是会。

她开始怀疑是不是自己太笨了？太没见识了？想奋起直追，却又怕永远也赶不上。于是，来找我寻求帮助。问我到底该怎么办？

听完以后，我想了一晚上，第二天回复了这样两段话给她：

大学，你们所有人都来自不同的地方，拥有不同的教育背景，不同的家庭关系，确实有些人从小出身好，见识广，学习也棒。既然你发现了自己跟别人的差距，那就奋起直追，追不追得上我不知道，但我知道你如果不追的话，你们之间的差距只会越拉越大。

有时候看清人与人之间的差距并不可怕，可怕的是你在看清差距后内心滋生出的自卑堕落不思进取的情绪，这些负面情绪并不会使你的自卑得以改善，相反它只会让你们之间的差距越拉越大，最后把你整个人吞噬进自卑的牢笼里，无法自拔。

她听了，想了很久，跟我说懂了。

接着，我又把我曾经经历过的一件事讲给了她听。

2

中考那年，我超常发挥进入了县一中。在所有人都为我欢呼雀跃时，我却陷入了深深的自卑中。

一切的自卑，都来源于一个人，名叫王强，我的同桌。

王强可谓是读书小能手，无论是数理化，还是政史地都门门精通，以全面的压倒性优势把我这个同桌硬生生地按倒在地。

在经历了一学期之后，我确确实实看到了自己跟王强之间的差距。他脑子灵活，懂得举一反三，而我一道物理题讲了三遍，考试换层皮又一脸懵逼无辜的表情了；他动手能力强，每次化学实验课上小组总结大家都推举他，而我只能默默在旁边清洗试管。

看着自己跟王强之间的差距如此巨大，起初我也觉得挺自卑的。毕竟是同桌嘛，天天在一起，难免会有人背后说闲话，某某某整天跟学霸在一起，学习还那么差劲，太占用资源了等等。

后来，我调整了心态，觉得自己不能再自卑下去了。于是，我在心里默默告诉自己：你跟王强之间虽然有差距，但是你可以人为缩小差距呀，只要你愿意，只要你肯努力，总有一天会超过他的。

于是，我开始每天勤奋读书，不断刷题，还偷偷模仿王强的学习计划跟方法。虽然直到高一分班时，我的成绩还是没能超过他，但我自己却从原本的三十几名进步到了班级前十，跟王强的差距缩小了一倍还多。

这件事也让我懂得了一个道理：其实发现人与人之间的差距并不是一件多么难堪，甚至自卑的事，相反正是因为发现了差距才使得我们有动力去努力成长，努力缩小差距，努力接近那个既定的目标体。

即使最终没能超过目标，也没有什么好遗憾的，起码我们曾经为了成长真切的努力过，真切的奋斗过。

3

有时候人跟人之间平等才是不完美的，因为他只会缩短你的眼界，平息你的斗志，使你陷入举步不前的境地。

初中曾经有段时间，不喜欢跟比自己优秀的人在一起，无论是学习方面，还是家庭条件方面。

那时的我只愿意与自己能力差不多或者比自己能力低的人玩，因为跟他们在一起，总有种高高在上的感觉，特别舒坦，毫无压力。

也正因为此，我们一群人有什么不懂的问题，大家都不会，只能两眼一抹黑瞎糊弄过关，从来没思考过要询问比自己厉害的人，更别提向优秀的人学习了。因为我们讨厌那种不如别人的心理落差，讨厌心里那份自卑肆意生长。

于是，我们把自己关进笼子里，不允许比自己优秀的人靠近，只有跟自己差不多的人才能进入。这样，也使得自己的见识越来越狭隘，总觉得自己很了不起，觉得所有人都跟自己一样，最后逐渐丧失了成长的欲望与动力。

其实每个人的身边，都需要跟自己相似的朋友，他们能让你感到生活的自在与愉快，但同时也需要那些比自己优秀的人，因为他们的存在，才会给予你压力，给予你欲望，笃定你成长的决心。

4

很多人刚上大学，看到周围牛人比比皆是：有人活动能力强，活脱脱一个领导者模样，有人演讲特有号召力，像经过长年训练般，也有人课外知识非常渊博，大脑就跟装了本百科全书似的。

再看看自己，似乎除了读书学习外，什么都不懂。于是，你开始不断怀疑自己，不断讨厌自己，然后逐渐变得懒散堕落，心想反正也就这样了，好死不如赖活着，追不上就好好享受人生吧。

在这条差距的鸿沟面前，你选择了妥协，选择了逃避，选择了自甘堕落。

最后，你跟别人的差距越拉越大，直到被所有人遗忘，当然包括你自己。

其实，你真的不必自卑。既然差距已经摆在眼前，我们无法改变，那我们不妨试着改变自己，让自己变得更加努力，更加坚强，用努力与坚强一步步将差距的鸿沟填满。

其实人与人之间差距的存在，并不是为了磨平你的信念，悲观你的人生，相反它是为了激发你内心成长的动力，是为了换回一个更好的你啊。

尘间有两苦，一是得不到之苦，二是钟情之苦。在你付诸努力的前提下，所有的、想得到的都当作一场赌。胜之坦然；败之淡然。好在这年龄还具有一定的资本，我们可以卷土重来。世间最苦是钟情，如果在这时候还有这样的情愫，一定要像打扫灰尘一样，把它从心屋里清出去。

CHAPTER

02

你的努力会为你证明自己

CHAPTER
02

想旅行就别背负太多行李。想恋爱就别怕听见心碎声音。做一个身体和心灵都勇敢的人，趁着身体未老，心灵还透明。迎着风，走着，爱着，哪怕这不是你的方向，但别让自己站在原地感叹青春短暂，人生无常。

勇于走出舒适区才会让人生更精彩

1

“城市里有很多书店是件美好的事情。”

博尔赫斯说过他心目中的天堂就是图书馆的模样，而书店，也有天堂一样的美好。

就如《岛上书店》里说的：“一个地方如果没有一家书店，就算不上个地方了。”

或许每个人都曾有过开家书店的梦想，慵懒地起身开张，浇浇花草、整理书架，然后捧起一本书，等待第一个进店的客人……

但又很少人真正实现了这个梦想，因为在这样一个时代，去开一家实体书店，简直就是行为艺术。

罗兰就是极少数实现了书店梦想中的其中一个，在采访过程中，她慢慢帮我还原了一个书店老板的真实生活。

罗兰：UI设计师、溪木素年书店掌门人

罗兰，86年成都女孩，大学学的英语专业，凭借着上学期间自学的一点动画技能，毕业后来到深圳，如愿以偿地当上了一名UI设计师。

与绝大多数初到深圳的人一样，开始了略显拥挤的合租生活，按部就班的上班、下班、加班。

就这样过了几年，直到2014年年末，她越发意识到自己正在厌倦这千篇一律的生活，找不到画图的乐趣，被拴在公司的小圈子里，就像只坐井观天的青蛙。

2

罗兰问过她的上司，如果不做设计，她能做什么？上司跟她说那就做回你自己。

“我现在会觉得当你的才华还不足以去支撑梦想，你的梦想又不能养活你的时候，还是需要一份工作。”罗兰说当时觉得做回自己这句话很虚，经历一些事情后，才慢慢有了体会。在工作的同时也可以去做自己喜欢的事情，有另外一个空间可以允许自己活得随性点。

于是她有了开书店的想法，过完春节回到深圳，就开始着手找场地，匆匆看了几家后，决定把书店开在蛇口的一座山脚下。

“当时我就想着我的工资是多少，至少能支付起铺租。”她说。

之后的生活就是每天下班后淘宝各种材料和家具，找工人安装，耗时3月后，书店门口的30平米简单布置好，便在5月开始正式营业。

3

“每个人的生命中，都有最艰难的那一年，将人生变得美好而辽阔。”

正式营业后所有问题开始漫漫浮现，墙面受潮、屋顶漏雨、环境抢修，不时还会出现各种奇怪的昆虫……而真正让她崩溃的是，由于位置偏僻，书店根本没有人流！

第一位进店的客人在问清楚附近酒店的方向后便匆匆离去，甚至目光都没有过多停留。

好像就真的应了朋友那句话，除了迷路的人，实在想不出什么人会来你的书店。

就像个被遗忘的孤岛，与世隔绝了。

“我当时特别迷茫，完全不知道该怎么办。”讲到这里罗兰脸上虽然仍旧保持着笑容，但明显语气稍微沉了下来。

整整5个月，书店没有卖出去一本书，一直在亏损。罗兰想着总不能坐着等死吧，就开始找各种办法。周末的时候跑去海上世界摆摊卖点书和明信片，坚持了几个星期后因为被城管赶而被迫停止。

朋友们也纷纷出谋划策，出了许多奇怪的点子。比如什么失恋者咨询场所、女生专属空间、黑暗料理等等，但最终她都没有采用。

“我会在心里权衡，我到底要什么，就必须去舍弃什么。”确实，如果单纯地是以赚钱为目的，做什么都比开家书店容易得多。

书店开始出现转机是在10月份的时候，罗兰在豆瓣上发了一日店长的活动，出乎意料地受到了很多人的关注。许多热心书友都向她提供了帮助，捐赠了投影仪、送来了冰箱、帮忙看店、研发饮料、合力把仓库改造成了手作间……

所以现在溪木素年现在的模样，完全是顺其而然的结果。

很多时候就是这样，当你排除万难开始一件事情的时候，最难的时刻已经过去，仿佛全世界都会来帮你。

4

“任何一个空间，都是人心里的投射。逛书店，通过书架和摆设，来看店主和店员的心。”

见面当天天气很闷热，跟celia在书店附近喝完咖啡差不多到了约定时间，就用手机导了航慢慢走了过去。

书店离海上世界其实就10多分钟的路程，只不过因为位置不明显，加上店外面的装潢太过简单，如果不是刻意地去找，实在很难想象那里藏了一家书店。

进门后是两排书架，右边书桌上有人在看书，拿相机粗略拍了下环境后，罗兰刚好就到了，热情地跟我们打招呼。

眼前的这个女孩子，黑色的齐刘海直长发，穿着灰白相间的格子连衣裙和小布鞋。一个多小时的谈话全程嘻嘻嘻地保持着笑容，就连最后我给她拍照时，我说你看看好不好看，不好看我再拍，她也笑嘻嘻地回我，“又不是靠脸吃饭，怎么拍都行。”

罗兰说开书店的初衷就是想丰富自己的经历，她希望溪木素年是一个公共空间，这里没有老板娘，大家都是这里的主人。

而后通过互联网渠道引流，她开始组织形形色色的活动，溪木影院、草迷市集、做手工皮具、重阳夜登南山、五十国先生旅行分享等等，就真的认识到了许多精彩好玩的人，世界一下子被打开了。

就像我的一个朋友常跟我说的，总有人内心温柔的装着世界，在自己的位置上做出改变。

5

这个外表温暖女孩喜欢摇滚、喜欢民谣、喜欢国外的一些手艺人的生活，她说起后海大鲨鱼的时候眼里冒着光，这支由女孩主唱的年轻乐队，他们身上那种随性张扬的青春和勇敢做自己的坚持都给了罗兰很大的力量。

我们总会被一些人、一些事潜移默化地影响着，内心悄悄有了热血和悸动，如果当有要不我也试试看的想法时就去做了，也许也就迷迷糊糊、跌跌撞撞地开始了。

我觉得人生就是一个不断探寻自我的过程，形成、质疑、推翻、重塑，那些勇于走出安全区，直面挑战的人，就成了绝大多数人眼中令人羡慕的精彩人生。

真正的成功，不是来自别人的认可和评价，而是由自我满足带来的宁静平和的心态。如果你在自己力所能及的范围内，尽了最大的努力来改进你的现状，这就是你最大的成功。上帝赋予每个人的身体、智力水平都不尽相同，只要尽己所能，全力以赴，把生命的能量发挥到极致，结果就已经不再重要。

人生，最大的遗憾是站不到远处去审视自己，最大的困难是无法战胜自己！审视自己，就是把自己放在旁观者的角度，打量自己，反思自己，这样才能扬长避短，才能在生活、工作中做到有的放矢。所以请时常审视自己，调整心态，努力做好当下！

珍惜现有的时间，全力以赴你的梦想

如果你现在是二十岁的年纪，你算算，你这一生还有多少时间可以浪费。

高考结束后那一个暑假，整整有三个月的时间。我找到一家快餐店，打了一个半月的暑假工。我用工资买了我人生第一个行李箱，装载着我对大学生活的憧憬和向往。用了一个月时间，去了五个城市，虽然距离不是很远，却实现了自己一个小小的愿望。

每个大一新生入校的时候，都对大学生活充满了期待。我们遇到跟自己志同道合的朋友，遇到来自五湖四海的室友。当一群对未来充满未知的孩子，聚到一个班级里，相识即是缘分。

要说大学生活最苦的那一段当然是入学时的军训。每个人都逃脱不了，我清楚地记得每天站军姿，时刻担心自己会晕过去，但是一次次真的就坚持下去了。

大一，开始忙着面试学生会，参加社团，在寻找自己感兴趣又能发挥特长的地方。每天早起跑操，每天上自习背单词。每个星期还要准备课前演讲，还有读书笔记。那个时候，真的觉得大学的每件事都要努力认真完成。

大一刚入校那天的班会，要求我们每个人上去做自我介绍。很多人最后都会说出自己对大学的计划还有未来美好的愿望。现在，你还记得当初你入学时自己的目标吗？我只记得我清楚地说了一句话，如果四年后我没有变成自己想成为的人，也希望别变成自己讨厌的样子。

大二，我们不用每天跑早操，更多的时间变成了自习。熟悉了大一的学校生活，也懂了很多生存规则。慢慢地，不喜欢的毛概课逃了，不感兴趣的体育课请假了，觉得以后没什么用的课程也不再认真学了。是的，我们学会偷懒了，甚至挂科也觉得无所谓了。

我们把上课当成了每天的行程，而不是课程。只知道每天要去哪栋教学楼哪个教室，然后做一些跟上课无关的事。要知道，大一你可是每节课都会去签到，那时候你每天都是带着书本去学习的。

十一月初有个室友去考教师资格证。她每天早上比我们早起一个小时看书，每天下课后她在自习室待到晚上十点闭馆才回宿舍。等我们把电视剧看完，跟男朋友视频完，该逛的淘宝都买完，十一点断网准备上床睡觉。她自己一个人开着台风，学到一两点才睡。有时候我们半夜起来上厕所，她还在看书。

她不是笨鸟先飞，她的四级一次就过，考证也是如此。就哪怕一个计算机二级考试，她也是这种态度。

是的，也许你的运气够好。刚刚考够六十分过线，你也考过了。可是你是险过，人家是九十分稳过。知识是给自己学的，努力到了你会收获很多。如果你只是为了一个证书，你可以永远抱着这种侥幸心理。

大三，开始意识到自己没有多少在校时间了。觉得是时候开始努力拼搏了。该准备考研的已经开始筹划了，想考公务员的也开始看书学习了，还有很多会计从业资格证都没考过的，也知道开始努力刷题了。可我们依旧没有清楚认识到自己浪费掉的时间。

没错，你是看起来比以前努力了。你说，你要考研了，你要考公务员了，你要考银行了，你要创业了。你确实比以前每天无所事事的样子看起来让人觉得你开始醒悟，有所改变了。你真的没有再浪费时间了吗？你只是减少了打游戏的时间，你只是缩短了每天跟男女朋友见面的次数。你只是在捡起以前落下的东西。

不是说整天学习就是在努力拼搏，但至少在大学四年有限的时间里做出足够有意义的事来。你每天把时间浪费在无聊的事情上，你没有收获，更没有价值。想想你当初的梦想，再看看你现在离它有多远。大学，是个成就人才的地方。你可以学到很多东西，德智体美劳，各个方面都可以得到锻炼。

四年的时候，你完全可以蜕变。从当初那个懵懂无知，一腔热血的青年，变成有能力，有智慧，有价值的人。如果在学习之外的其他领域，你没有任何成就和方向。请珍惜现在的时间，努力找回最初的梦想吧。

人生，总有一段路会让我们感觉迷茫，失望。如果你觉得自己正处在这个阶段，是时间在给你机会让你醒悟，因为你开始认识到自己正在浪费。你二十岁可以完成的事，要等到三十岁才能做到。现在想一想，你的梦想多久才能实现。你还有多少时间可以浪费。

许多人的错与失，都是因为不努力。殊不知一些冥冥中阻止你的，正是为了今天和明天，乃至以后的漫长岁月。有时你以为的归宿，其实只是过渡。而你以为的过渡，其实就是归宿。时间是最厉害的杀手，人们所有的遗忘厌倦、变老离去都离不开它的咒语。让真正属于你的，最终属于你。

不是每一次努力都会有收获，但是，每一次收获都必须努力。重要的不是你站的位置，而是你面临的方向。那些比你走得更远的人，不是比你聪慧，而是每天都比你多走了一点。

熬过去，才能柳暗花明

爱情不是依附，爱情是各自独立坚强，然后努力走到一起。

1

你一定听过很多鸡汤，譬如要变成更好的自己，这样才能遇到更好的他。

然而，并不是，更好的自己只会提升你的生活品质，未必会带来更好的男人。

在漫长的等待中，你会怀疑，那个命中注定的人，是不是早就错过了。

于是你停留在一个各方面不达标的男人身边，只为了贪恋一点点温暖。

恋情的最初，他的赞美令你重获自信，被人依赖让你觉得自己很重要。

时间久了，你会发现，做他眼中最棒的女孩，很累。

2

Hebe是我认识的一个上海姑娘，聪明、独立，靠自己的努力在外企混得不错。

她的男友是个老实人，老实到他们共同的朋友总是半开玩笑让Hebe不要欺负他。

男友对Hebe很依赖，吃饭、约会、旅游都听从Hebe的，甚至买衣服也要Hebe拿主意。

男友常说：你是我遇到最棒的女孩！我会好好珍惜你。

这话听起来很甜，后来她发现有些不对劲，和他在一起，她简直操碎了心，比单身时候要考虑的事情更多。

不管她为他做了多少事，他从不会照顾她的需要，甚至不会主动哄她开心，逢年过节送束花都要Hebe提醒。

有一次，他们和另一对情侣出国旅游，遇到退税纠纷与海关理论。

那对情侣全程高度配合，俩人用尽毕生词汇量争取权益，而Hebe据理力争的时候，男友却不发一言。

事后，男友解释为他的英语不好，反正也帮不上忙，不如别给Hebe添乱。

这不是第一次，这成了压死骆驼的最后一根稻草，Hebe提出了分手。

男人不明白，我们努力让自己活得独立自主，不是为了照顾他，而是为了站在他身边的时候，不成为他的负担。

能成为你眼中最棒的女孩，我很荣幸，但这不代表在爱情中我要承担更多的责任，愿意无条件照顾你的人是你妈，不应该是女友。

3

Ruby和男友大学毕业后留在了这座城市，城市很大，梦想渺小。

男友工资只有3K的时候，他对Ruby说：等我月薪过万，我们就结婚。

那时候他们很穷，夜宵去撸串都是奢侈，却连一锅泡面都能吃得津津有味。

七年过去，Ruby一路升职到世界500强企业的部门经理，工作稳定，收入不菲。

男友换了几次工作，后来和朋友一起开公司，亏了不少钱，他有过月入过万的时候，但是迟迟没有提结婚这件事。

男友经常加班、应酬客户，Ruby打电话给他，总是在忙，忙到连陪她吃个夜宵都成了奢望。

在男友的创业公司获得风投注资的当晚，Ruby提出了分手。

男友说：你是我遇到最好的女孩，这些年来我穷过，你没有走，为什么现在我终于成功，你却要离开？

因为已经爱不动了，你眼中最好的女孩，这些年来努力工作赚钱来养活自己，和你。

而你呢？控制不住自己的脾气，任性的辞职，用房子首付的钱去创业，输光了回家痛哭，逆境时向对方倾诉负能量，顺境时忙于工作冷漠相处。

一直没有离开，是因为责任，习惯了照顾一个人，总盼着他能过得好一些。

结婚不是爱情的目的，结婚是为了和这个人共度一生，而她的余生，不想一直这么累到死。

4

很多人说被霍建华和林心如的婚礼誓词感动了，为什么我并没有觉得。

华说：“认识你这么久，以前能跟你当朋友，就是我觉得很幸运的事情，现在我们成为夫妻，这是我更幸运的事情。”

心如说：“只要你在外面觉得累了、倦了，不要忘记，我永远会在家里等你。”

记得霍建华说过，喜欢独立的、比自己更强的女人，还说自己任性的像个孩子。

兜兜转转十年，林心如就是他遇到最棒的女孩，所以想一起承担风雨。

而林心如的誓词则说明：不管霍建华遇到什么不开心的事情，姐都会帮你搞定。

有些女强人或许会享受照顾男人的优越感，但是大部分女人不管多么独立能干，仍希望在恋人面前做个不问世事的女孩。

我努力奋斗像漫威电影里的黑寡妇，不是为了来拯救众生的，我只是被生活所迫，才活得像个无敌英雄，可是黑寡妇也需要绿巨人并肩作战！

那些坚强隐忍是用来抵御世事炎凉的铠甲，而我的柔软只愿意给你一个人看到，在你面前我不必逞强不必死撑，那才是爱情的魔法。

如果做你眼中最棒的女孩，代价是像个男人一样冲锋陷阵的话，那么谢谢你，我还是自己过比较轻松。

5

相比霍如，我更喜欢黄晓明夫妇的相处模式，面对外界质疑Angelababy整容，他说：其实她素颜的样子，挺丑的。

Angelababy在跑男里强悍得像个女汉子，她的事业发展得也不错，但在他眼里，她不过就是个网瘾少女，他赚钱是为了帮她买游戏币。

好的爱情是互相照顾与宽容，见过彼此最真实的样子，却依然愿意宠爱。

《北京遇上西雅图》这部电影里，文佳佳为什么爱上Frank？

因为："他也许不会带我去坐游艇、吃法餐，但是他可以每天早上都为我跑几条街去买我爱吃的豆浆油条。"

恋爱啊，就是一个人走路怕黑，但是有了你，就像有了路灯陪伴。

人生总有最灰暗的时刻，我不想自己摸黑赶路，还要哄着你前路光明。

6

我们一直都羡慕电视剧里势均力敌的爱情，因为面包我也会挣，但不是光给爱情我就能饱，你起码还要挣只烧鸡改善一下生活啊。

不是我擅长烹饪就活该一直下厨，剥蒜你会吗？刨皮你会吗？实在不行你还可以在旁边等着刷锅呀！你一天到晚摊手等吃饭确定不是在作死吗？

不是我爱旅行英文好就应该负责做攻略当翻译，你还可以去百度啊去马蜂窝啊去请教朋友啊，你只有竭尽所能提升男友力，才配对我说已经尽力了。

是的，我一个人能照顾自己，甚至可以把自己照顾得很好，但是我也期待有个人来呵护，哪怕是嘘寒问暖，你倒是为了我做点什么呀！

那些在我们换灯泡时抱着手看，在我们淋雨回家时说没空接，在我们生病时说多喝热水的男人，早晚会被OUT。

人生有很多觉得熬不下去的瞬间，好庆幸我能熬过来。当我独自熬过一切苦难后，也就没有那么想和你在一起了。

人生无常，有时起有时落，抱最大的期望，尽最大的努力，做最坏的打算，持最好的心态，记住该记住的，忘记该忘记的，改变能改变的，接受成事实的，太阳总是新的，每天都是美好的日子。

你是否会记得那些难熬的日子，你所付出的努力，表现的认真，有过的恐惧，燃起的斗志，都是这辈子最清晰的时光，你会记得昏天暗地，也会记得寝食难安。世上没有平白无故的成功，所有的鲜花都是汗水浇灌而来。勇敢地走下去，再难也要坚持，再远也不要放弃。不要因为没有掌声，而丢掉自己的梦想。

好的人生，上不封顶

曾有两个同事A和B，来自同一所大学，同届同系。

在一个单位，这算挺近的关系了，按说该结为死党才是，然而他们并没有。

因为A骨子里有点瞧不上B。

A是本市人，家境不错，大学刚毕业就车房齐备，人也比较清高，不屑与常人为伍。而B来自外省农村，住单位宿舍，每个月发了工资，第一件事就是汇一半给读大专的妹妹。

可能因为出身不同，B压力比较大，工作特别卖力，连着两年都是单位的优秀员工，领导给的评语是“特别能吃苦，特别能战斗”。而A则热衷于喝酒约炮玩游戏，常因为喝大了不来上班，周末若遇临时加班，也是百般推脱。

一般聚会或者打车，都是B跟我们抢着付钱，A的常态就是坐在那里岿然不动冷眼旁观。

后来B考上研究生，A也借母亲的关系，去了更好的单位，俩人一起辞了职。

当时有位同事私下感慨地说，真是同人不同命啊，B那么努力地考研，毕业也未必进得了A的单位，而A不费吹灰之力就已经站上了B的终点。

我们领导就摇头，说不对，从他们的能力、心气、为人看，A现在是到顶了，但B还有很大的上升空间，B的人生，起点低，上限高。

果然，现在十年过去，A还在那个单位原地踏步，而B已经是一家上市公司的高管。

这个社会流行“起点论”。

人们特别喜欢说，看啊，那个谁，他爸是谁他妈是谁，所以他现在活成了谁。没错，一个人的起点很重要，如果能从一个高度上起飞，飞得高的几率自然要大很多。

但是有很多人，有父母加持，有亲友相助，天生就站上了高起点，可惜他的能力、心气不足，自打上了路，就在一直一直往下滑，那个起飞点，可能就是他的最高点。

也有很多人，比如马云刘强东，农村的泥坑里长大的，起点低到不能再低，但他们够聪明够努力，一路拓展人生的上限，于是能够扶摇直上，越飞越高。

雄鹰从谷底起飞，一样可以冲天。而母鸡就算在云端起步，也只能步步滑落。

其实，我们很少会仅仅因为一个孩子出身差起点低，就断定他必然没出息。但如果一个年轻人整天热衷于喝酒约炮玩游戏，视工作为浮云，那么就算他的出身再优越，我们可能也会暗叹此人烂泥糊不上墙。

所以，一个人有没有前途，关键真不在于起点，而在于他有没有上升空间——也就是他的上限有多高。起点是加分项，而上限是决定因素。

那么，是什么决定了一个人的上限呢?

其实有很多方面。比如智商、情商、人品、上进心、努力程度等等。

你的智商高人一筹，人生的上限就要高出一截。

你善于为人处世，上限又要高一截。

你肯吃苦，也给上限加分。读书多、学历高，加分。眼界广、境界高，加分。抗压能力强，加分。有一技之长，加分。广交朋友，加分。有情有义，加分。

反之，目光短浅、贪玩懒惰、小肚鸡肠、自私冷漠、不学无术，都是减分项，都会拉低你人生的上限，收窄你的上升空间，使你抬头便是天花板。

人是多维度的，你的每一个优点都是发动机，推动你向上拉升，而每一个短处，都是包袱，拽着你向下滑落。这两者的合力，决定了你最后的高度。

前几天有读者给我留言，说：月亮姐，你相信努力就能成功吗？我以前特别信，现在不信了。我在一个酒店做了三年厨师，一直很努力，基本每天都是最晚吃饭最晚睡觉的，这次厨师长辞职，我本以为会让我干，但昨天经理说要让一个才来俩月的人做厨师长（他是总经理的亲戚），还说我没学历，不会管理，干不了。

我真的很受打击，这社会，农村孩子真是没前途没出路，努力有什么用呢，人家随便一个借口就把你打发了。

我给这个读者讲了A和B的故事。我说，其实并不是农村孩子没出路，只是我们要付出更多辛苦才能找到那条路，你从山底起步，而那个总经理的亲戚从山腰出发，今天你可能拼不过他。但是你继续努力，五年八年以后，局面就会不同。

你努力修炼厨艺，每道菜都比别人做得好吃，你的前途就比别人光明一点。

你学历不高、不会管理，这可能确实是你的短板，那么，多读点书，多向人学习管理经验、处世技巧，你的前途又会光明一些。

当你把拖累自己的短板尽量补齐，把推动自己的长板尽力拉长，你的前途就广阔了。

我不相信努力一定成功，但我相信努力一定有用。它的用处就是：拓展你人生的上限，让你的未来有更大的上升空间，有更多更好的可能性。

一个人从哪里起步是命里注定的，我们无法选择。而人生的上限，却可以经由努力不断拓展。

起点低是天然弱势，但抱怨没有任何意义，倒不如趁着年轻，多想想自己上升的动力在哪里，如何使它更强劲，再想想自己的短板是什么，要怎么摆脱，不被它拖住。

这世界有阶级分化，有与生俱来的不平等，但对于多数人来说，决定你飞得高不高的，是你的能力和努力，而不是那个最初的出发点。

有的人十六岁就到达了人生的顶峰，而有的人六十岁还在有条不紊地进步。

好的人生，上不封顶。

人哪有预测未来的能力，人只有把握现在的能力。选择发呆还是选择奋斗，选择无奈还是选择努力，选择做梦还是选择圆梦，选择尽人事后而听天命还是选择不尽人事就去听天命，都是人自己要做的决定。永远不要以为我们可以逃避，我们的每一步都决定着最后的结局，我们的双脚正在走向我们自己选定的终点。

让自己保持身心愉悦的方式，就是远离不必要的人，生命和时间都有限，你只需要关注或者关心那些三观一致、志趣相投的人就好了，你要把你的时间花在喜欢或者彼此认可的人身上，努力设置一面防火墙把不喜欢的人通通挡在墙外，这样生活就会变得很美好。让不喜欢不认可你的人重新喜欢认可你，是徒劳的。

你的人生，请别凑合

辞职一周年，我只想记下现在的零零散散心情。我不想罗列辞职的好处，或者不辞职的可能收获，每一个人在每一个当下的快乐和难过都不同，所以，也只能说在一年前的当下，我很快乐地辞职，如此而已，过去了也就过去了。在现在的这个当下，我在凌晨敲打键盘，很愉快。

我从来都不勇敢，我只是没有能力过我不想过的生活。我非常清楚，对于我感到不快乐或者没兴趣的事，我总是搞砸。我必须快乐，我必须知道自己做的是正确的决定，我必须得到我自己真正想要的，我做不到除此之外其他一切。

这一种心理，就好像你看到河里有个孩子落水，而你自己恰好熟悉水性，你不能眼睁睁看着孩子溺死，想都没想就跳了下去，将孩子救起。当记者前来，问你怎么能做到那么勇敢，那么正义，你突然语塞，“呃……我就跳了下去……没多想。”记者急了，问真的不是善良，或者内心被召唤了什么吗？你心里默念，靠！你以为我是奥特曼，被M78星云召唤？

其实你只是没有能力不去救而已，如果你不去，你将无法度过接下去人生的许多个夜晚，脑袋总会浮现：孩子在水面挣扎，一点点一点点没了力气，沉了下去，最后水面浮起具死尸，面目狰狞。而你，将被这内疚逼迫地再也睡不着。

所以，火车坐过了站一定想买票的人，有时不是别人想的遵守纪律或老实，而是他没有能力逃票，恰恰忍受不了坐如针毡的感觉，每每想到有人查票时的责难，还不如提前补了票，几块钱，换取心安理得几小时，悠闲地看看窗外风景。还有，爱一定要有feel的人，挑三拣四，找不到宁可单身单着，有时不是他真爱至上，而是他没有能力凑合。

一个总是为自己做决定的人，不是他多有能力控制自己的命运，而是他没有能力敷衍自己。

哪怕在未来，他的决定被证明是错的，可他在做这个决定的当下，是很愉快的，而他在下一个当下，是很享受这个决定的，那么必然，在未来，也会依然享受另一个当下的另一个快乐决定，亦不去推翻彼时。

史神仙还告诉我，被别人价值观绑架久了的人，会去试图绑架你，所以听到一个人为自己做决定，他们其实并不理解，“你辞职做交换梦想，他们就觉得不靠谱，就觉得一个人怎么可以没有工作呢，怎么不去找个铁饭碗呢，不稳定这样怎么能行？”然后呢，他们为了能够心安理得，就强加一个他们的答案，“然后，他们就会说你很有钱/有权/特殊本领……”

如果说辞职也是一种修行，那么，不管当初他辞职时候有多么义愤填膺，请去看他在过了一些时日后，是否依然在贬低正工作的人，依然高举“辞职这件了不起的事”。成长，就是与世界讲和，与自己讲和。一个平和的人，会去了解、体谅他人，不再为了证明一个观点而去否认贬低和它不一样的观点。

那一些会来指责你、试图绑架你的人，即使是父母，也不需要他们了解你。就好像唱歌、跳舞、打桌球、开车一样，你越害怕，越是不去做，就依然保持在很烂的水平，当一个人从一开始就不做自己，不去关照内心，不去问自己当下喜欢什么，时间久了，“为自己做决定的功能”也是会退化的。除非有重大的事情发生，打击太大，以至于摧毁这个人，置之死地而后生，他才会重建自己的精神家园。况且，你让他们清醒了，尤其父母，他们真正懂你肯定你的同时，必然的，也就是对他们所经历的前半生的否定，那是一种多大的残忍。

所以，为自己而活，为自己做决定，是一种人生技能，要一直练习。

在北大做活动的时候，一个昔日学工科如今研究生学法律的女孩问我："工科是一种技能，现在，我很好奇，既然文史哲没用，那么为什么要读呢？"

她一问，大家都沉默了，好像有什么道理卡在了喉咙，说不清道不明，直到现在，如果还能见到那个女孩，我会回答，"一种平和感。"日光底下无新事，所经历的，在历史都有，而喜怒哀乐的quota，自古到今帝王将相平民百姓其实都一样，天王老子睡觉的时候，再大的床也只睡在一个小小角落；吃饭的时候，再多的美食也只有一个小小的胃。我们都会因为失去而悲伤，因为偶然拾回而惊喜，人和人，相差千百万里的只是看起来，其实我们都一样。

每个当下决定自己的快乐，像是那个山西老太豪迈的一句，"这辈子我只做一件事，那就是为自己做决定。"

史神仙还说，十几岁的时候，每天都过得很慢，因为那时候经历的每件事都是独一无二的经验，你总是站在十字路口犹豫，但是下回遇到类似的事，也就有经验不犹豫了。

在这一点上，我却不同意。十几岁的确很重要，但是二十几岁更加重要。在过去，你只是在学校和家人的保护，毕业后的二十出头年纪，进入社会，你就像是第二次从温暖的子宫突然被甩出，茫茫宇宙，广阔天地，你只能在独立的时候，人生才刚开始，一切正在重新洗牌。或许，我正是清楚，如果现在不为自己做决定，就沉沦，那我会在不久将来对许多事喊出“没办法”。

于是我才会那么斤斤计较，一定要把自己与这荒唐无序的世界隔离，有一层玻璃隔着，把自己保护完好，当我足够坚强，信念坚定，也许是三十岁，我能很好把握自己，不轻信，有迷茫也迅速独立思想找到立场，那时候，才是第一步跨出“自建温室”的时刻。

因为不知道将来能否温柔平和地度过一生，不知道是否有人愿意耐心和从容对待你的敏感和暴躁，期待又小心翼翼地躲藏着自己，孤独和恐慌像是巨浪滚滚的海洋，一再迷失方向，又一再强迫自己从不断的努力里汲取前行的力量。本该玩的年龄，却怎么心事重重。本该放纵的青春，却怎么只能听天由命。

不论你身于何地，居于何职，处于何境，心于何求，都要真诚感恩生活的惠赐与拥有，宽容她人无心的错失与伤害，笑看漫漫人生的坎坷与不幸，收藏源自心灵的体会和感悟，风轻云淡，宠辱不惊，你会发现，生命中平淡如水的日子，因为爱而博大，因为感动而温馨，因为给予而厚重，因为努力而充盈。因为心在而存在。

努力，只为遇见更好的自己

所有人都在叫嚣着你只是看起来很努力，所有人都在声嘶力竭地吼着生活不只眼前的苟且，所有人都在极力寻求一种想要的生活，于是在这条路上艰难前行。

那么，我们为什么要努力呢?

一浪更比一浪强，别被后浪拍在沙滩上。长江后浪推前浪，一浪更比一浪强。竞争社会，拼的就是谁更有能力，谁更能在社会中立得一席之地。物竞天择适者生存，你不争不抢不去努力，结果只能是在原地打转，于是乎只能高高仰望别人的光芒。我们都听过这么一段话，这个世界上最可怕的不是有人比你优秀，而是比你优秀的人依然还在努力，那么这样的你为什么还不去奋斗。从来不怕大器晚成，怕的是一生平庸。

他孩子打我孩子1下，傲慢的开口说不就一巴掌赔你一万块，我有足够资格拿出五万甚至十万让孩子打回去。之前在网上流传起来的这句话，乍听之下会觉得好笑，可是在这句话之下隐藏着的是什么本质呢？

试想一下，如果你有钱，那么当别人这么侮辱你侮辱你的孩子时，你完全有资格有资本可以拿出更多的钱来还回去，这并不是教育小孩子暴力和虚荣，而是不愿意让自己的孩子或者自己承受如此大的委屈和伤害。不然假设一下你没钱的情境呢，当别人这么说之后，你顶多会发怒的吼回去“有钱了不起啊，”然后在背地里孩子看不见的地方偷偷哭泣，当然你也可以选择让孩子打回去，可是那时候的你要承担接下来的什么索赔，你又没钱又没势拿什么和人家斗。

你努力创造更好的生活之后，你孩子出生的环境也是良好的，他可以接受好的教育，见识更多的精彩，可以不会因为没钱而忍受饥饿和寒冷，早早地见识了社会的黑暗，他能有更多的机会做他想做的事情，而你也有能力满足他一切合理要求。

事实证明，家庭优越的孩子比家庭贫苦的孩子要更加自信，成长的也更健康。当然，如果你教育有问题或者太过溺爱造成他嚣张跋扈那就另说了。

我怕未来连病都不敢生，连梦都不舍得醒。有钱不是万能的，没钱却是万万不能的。也许你会说“钱算什么，都是肤浅，”甚至背地里痛骂那些“宁愿坐在宝马里哭，也不坐在自行车上笑”的女生虚荣。可是你知道吗，你没钱也许不可怕，你不努力不知进取才可怕。

你想象一下未来的吃穿住，再加上可能的生病意外，你难道不怕未来生病了却都不敢去医院怕花钱吗，你就不怕万一你真的需要手术光是手术费就要把你逼得无路可走吗？每天新闻上有多少穷苦人家的父母因为自己的孩子生病却没钱医治，只能拼命赚钱或者乞讨，或者严重的想到卖血卖肾，这都是被生活所逼被钱所逼啊。

有时候面对着苍白的现实眼里全是痛苦，于是宁愿躲在无人的黑夜，躲在美好的梦里，怕一觉醒来一切又回到痛苦中，你又要面对这一切苦难。这样的生活这样的无助，是你想要的未来吗？

怕酒杯碰在一起全是破碎的梦多年后，当几个老友聚在一起，你们喝酒畅谈，酒后讨论起各自多年的梦想，各自唏嘘各自凝噎。酒杯碰在一起，是破碎的梦，酒杯摔到地上，是破碎的痛。

你想起你当年的梦想，想起你曾激昂的愿望，想起你曾在华灯初上的夜晚对着这寂寥的空气吼着你要进五百强、你要成为一个优秀的律师、你要在娱乐圈风生云起，你要……可是一切真的只是梦和想，你没有去努力没有去奋斗，没有把梦想实现，日后提起，全是惆怅。这样的未来，是你想要的吗？

怕让父母失望，怕让自己后悔。最近大火的一句话不外乎“你还年轻，怕什么来不及。”是啊，我们还年轻，怕什么来不及，可是亲爱的，我们是怕父母等不及。等不到看到我们成材的一天，等不到为我们自豪的一天，等不到我们为他们撑起一片天的一天。小时候我们渴望长大，像大人一样可以决定自己的生活，可是后来当我们真的长大了，我们却发现长大的世界和我们想的不一样，而且随着我们长大的同时，随之而来的是对现实的无奈。我们开始意识到，我们长大了父母也老了，我们开始恐慌害怕，怕他们看不到我们变优秀的那一天，怕自己无法为他们创造一下安心的晚年，怕他们老了之后还在为我们担忧。

如果我们现在不去努力，等以后都没有能力去带父母各地旅游散心，品尝各地美食。我们努力的意义是让他们可以衣食无忧，可以尽情享受生活的美好，而不是在晚年还替我们的生活工作担心，还要把自己的养老钱拿出来给你。所以我们成功的速度一定要超过父母老去的速度。

怕委曲求全卑躬屈膝活的没有尊严被领导骂得狗血喷头不敢还嘴不敢吭声，同学聚会看着别人事业有成而自卑地缩在角落，看见喜欢的东西不舍得买，每天为了省钱而拼命挤上已经没地方可站的公交地铁，每天啃着面包泡面幻想这是美味的大餐。这些悲催的生活将是不努力的你的局面。

我们所努力的目的不过是为了不寄人篱下不看人白眼，可以骄傲的做自己想做的事，不为了一个工作一个人情而忍气吞声，不被人看轻，活得有尊严有底气。堂堂正正地拍着胸膛，自豪地说这就是我，这就是我想要的生活。

想见到或者有资格和喜欢的人并驾齐驱，想谈一场势均力敌的爱情。这句话一直激励着我前行："我努力为的是有一天当站在我爱的人身边，不管他富甲一方还是一无所有，我都可以张开手坦然拥抱他。"最好的感情是相配的，你不会因为比他差还自卑，也不会因为比他好而骄傲，因为你们同样优秀，优秀并不是指能做出多大的成就，而是你们各自独立，各自在感情上依附却不在生活上依附。不用怕TA离开也不用怕TA抛弃，因为离开TA你照样能够好好地活着。

倘使情侣之间一方平凡另一方非常耀眼，也许一开始只是被别人不看好，但他们因为感情深厚而彼此不离不弃，但当时间长了之后就会发现，他们之间存在着很多无法逾越的鸿沟，很多不志同道合的观念，于是乎矛盾越来越多，开始生厌开始吵架，直至最后的分手。

也许努力是为了证明灵魂还活着，我们还没放弃自己。回忆你过往的几年，你得到了什么，又失去了什么，我们生活着又是为了什么？生活的意义又在哪里？浑浑噩噩是一天，把所有安排充足去行动去享受生活又是一天，一天过去我们又收获了什么。

也许我们努力着、尝试去进步，是为了让自己感觉到存在的意义，让自己在这个世界上还有事可做有生活去追，证明自己的灵魂还没有完全枯萎，证明自己并没有被打倒。

吃了还是会饿但我们还是要吃饭，睡了依然会困但我们还是要睡觉，学了不一定有用但我们还是要学习，活着最终也会死但我们还是要活着。也许这就是生活存在的意义，你的灵魂在指引着成为一个更好的人，摒弃不知进取游手好闲的你。

我听过我们为什么要努力的最好的答案是：因为我们只有一辈子。也许所有我们为什么要努力的答案，都比不上最后这一点：因为我们只有一辈子，我们的人生只有一次！时光不会重来，时间不会倒逝，那些你错过的风景错过的路错过的人，都成了无法回头的回忆。当日后提起，满满的全是遗憾。我们的人生只有一次，很多事情现在不做以后真的更没有精力和时间去做了，我们总习惯拖延，习惯告诉自己时间还很长，可是当下的每一天才是弥足珍贵的。何不在自己最年轻最有拼劲的几年里去努力达到自己想要的，以后的道路也会更好走的多。

人生说长不长说短不短，那些你以为还有的时间其实也在你眼皮子底下偷偷溜走了。我们的人生只有一次，我们要在有限的时间里让自己的生命发挥出无限的价值，才不枉来这人世间一场。

你问努力真的有用吗，你问坚持一定会成功吗？我肯定不能确切得回答是。可是我可以很明确地说，当你真正努力了之后，你所谓的结果如何也就不再那么重要了，因为在努力的过程中你已经打败了那个坐享天成不知进取的自己，已经发现了一个更积极向上更优秀的自己。

这个世界上不确定的因素太多，我们能做的就是独善其身，指天骂地的发泄一通后，还是继续该干嘛干嘛，因为你不努力，谁也给不了你想要的生活！

与能力相比，热情和思维方式要重要得多。即使能力不强，但拼命努力、又具备为他人尽力的思想境界的人，比那些能力优秀，但不肯努力、持负面人生观的人，会好许多。能力稍差不必灰心。坚持不懈努力及正面的思维方式，一定会让你成才。

努力做一个有魅力的人

大二的时候，我第一次出国去参加一个国际学生论坛。

当时论坛的组委会成员全部是来自哈佛的本科生，中国学生都耳熟能详的“哈佛女孩”刘亦婷也在内，但让我印象最深的却是那届主席，一个叫Jenny的小个子华裔，皮肤黑黑的，丹凤眼，其貌不扬，总穿一身合体的黑色西服套裙，喜欢内搭鲜红色的衬衣或小衫。

她既没有大部分美国年轻人那种疯疯癫癫张扬的样子，也没有那种在美国待久了的华人孩子那股自命不凡的样子。

台上台下，永远都笑眯眯的，既行动迅速高效，又谦和有礼。

开幕典礼上出了一点意外，新加坡的前总统上台致欢迎词，然后从Jenny手中接过了荣誉奖牌，转身就要下场，刚走两步，只见Jenny紧赶了几步，轻轻扶住他的奖牌，脸上依然保持着原有的微笑，然后顺势朝台下等待的媒体做了个“请”的动作。

前总统立刻会意，停下来转身，两人心照不宣地各执奖牌一端，向台下众人展露无懈可击的笑容，闪光灯悉数亮起——那一刻Jenny处变不惊的大将风度和魅力冠压全场，达到了峰值。也让我第一次体会到，一个女孩子的魅力，并不是非要靠外貌来获得的。

后来我读研的时候，去美国一个夏令营打工。营里都是美国中产阶级家庭的孩子，而老师们则一半来自中国，一半来自美国。夏令营快结束的时候有个传统，学生们要选出自己心目中的“男神”老师和“女神”老师。

男神，毫无意外地被一个又帅又阳光的美国小伙子夺走，而“女神”统计票数的结果令人大跌眼镜——不是那位个子高挑、头发黑直长的美女中文老师，而是孩子们的教导主任，一位妈妈级的年逾四十的女老师，短发齐耳，为人爽朗，运动细胞极其发达。

“你为啥选她呀？”我随口问一个吹着口哨欢呼的男孩。

“因为她超有意思！超有魅力！”男孩脱口而出地回答。

以前流行过一部经典韩剧叫《家门的荣光》，刚传到国内的时候，很多人在网上评论说丹雅是他们心目中的“女神”，于是我理所当然地认为丹雅一定是位超级美女，结果真看的时候，特别失望，啊，女神就长这样啊？！眼睛不够大，脸太长，气质太阴郁，简直不能理解有什么魅力，也没有兴趣再往下看。

后来过了一些年再找出来看，还是觉得女主角不算美女，但自始至终具有超强的存在感，她的优雅、她的涵养、她的成熟、她的淡泊——看过一两集后，视线就不由自主地会被她的一颦一笑所牵动，为她的魅力所折服。

如果以时间为轴，女生的相貌其实是一条正态分布的曲线，在20岁出头的年纪达到巅峰，然后一路衰减。魅力曲线却有着更多的不确定性，可能有人的魅力曲线是和相貌曲线一样的，有的人却会随着年龄陡然升高。

那些并不美貌却被公认很有魅力的女性，首先是些很有生命力的女性。“生命力”这个东西，有时候反而年龄越大越占优势。

如果一个小姑娘招人喜欢，我们会说她漂亮；如果不漂亮，会说她可爱、清纯、活力四射，但很少会用到“魅力”这种大字眼，因为那种由内而外发散出来的气场、活力，那种生命的宽广和厚度，是需要时间和阅历来累积的。

现在回想，美国夏令营里那位妈妈级的“女神”就是这种魅力型人物。

因为坚持锻炼，她身材非常矫健，充满活力，每当营地里划分红方蓝方进行皮划艇、竞走项目的时候，她带的队总能赢得比赛。虽然管教学和住宿纪律的时候，她严肃认真、刚正不阿，但平时和孩子们在一起，该笑的时候就哈哈大笑，学生们有烦恼倾诉的时候，她就认真聆听，从不会因为一个学生会抽烟，或者给她惹过麻烦，就给他们贴标签或分别对待。

当我和她初次相处的时候，也会生出一种“虽然刚认识不久，但这个人可以信赖”

其次，一个有魅力的女性是独立自信的。

许多人对“独立”一词有所误解，觉得独立就是必须单独、独身或者不能求助于人。这里的独立是指那些从未放弃过“独立思考”的女性，比如我身边许多“90后”和“00后”都会觉得刘瑜“很有魅力”，这是个很有趣的现象。按说他们大都不知道刘瑜什么样子，刘瑜走的是偏学院派的写作道路，却以独特的思考、深入浅出的辨析深深折服了一群素未谋面的年轻人。

我自己在浏览别人的公众号文章时，还经常被一众家庭主妇写手们“迷倒”，看到她们能把平庸小事也写得妙趣横生，或把琐碎家务打理得井井有条时，就会觉得对方的智慧和魅力隔着手机屏都能源源不断地散发出来。

还有一种女性，她们看上去非常普通，实际也是一些普通人，她们说不出大道理，也谈不上多么有深度，但相处起来既温暖又舒服，这也是一种自然流露的魅力。不是那种刻意经营、反复雕琢的美，而是过往一切教育、生活、人生阅历沉淀下来后，女性光辉的自然流露。

美丽尚有据可循，魅力却往往是一种更加主观的感觉。

比起外在的美，有魅力的人更像拥有一个强大充盈的内核，能量和气韵会由内而外，自然而然地流动。美丽的人孤芳绽放，而有魅力的人则会让身边的人都感到温暖与快乐。

不论为人还是做事，我们都要知道：这个世界不是为你旋转，别想当然地把自己摆在中心的位置；有些事即使你再怎么努力，结局依然是无果而终；做不到的时候，只要尽力就可以了，无须过多地问心有愧、求全责备。能做的，就积极地做，避免身后的抱憾；做不了的，那就泰然处之，为了灵魂的安详。

不经一番寒彻骨，那得梅花扑鼻香……社会是个角逐场，不前行，就会被滞后。不挣扎，就会沉底。没有人会为你的懒惰买单，越努力，越幸运！机遇永远属于奔跑在路上的人！

让你的努力与你的梦想相匹配

1

生活里，我认识少部分蛮拼的姑娘，她们在外人面前是女汉子形象，什么事情都敢做敢拼，提到她们名字时，旁人都会说“噢，她呀，活得粗糙，不喜欢当小女人倒喜欢做争强好胜女超人，我也是醉了。”这些姑娘们努力生活，她们不依附他人成长，靠自己去谋取梦想。

当然，周遭也会出现诸如“反正努力过后也得不到收获”、“反正女孩子活得好不如嫁得好”、“反正不公平的事情太多了努力没用”这类叹气声音笑话她们，事实上，这类少数派姑娘们反而越活越生猛。

姑娘Lisa22岁，她靠着自己与梦想死磕的坚持，大学毕业后考进了CCTV某栏目组华南采编中心工作。从南方小城市跑去北方大城市读大学时，有同学会嘲笑她，听见外人难听的话语，她都一笑置之，因为当时的她没有资本去还击。

读大学期间，她熬过了很多一个人的时光，一个人练舞，一个人练普通话，一个人跑步，一个人独立采访，这些无数个一个人的时光让她很难捱，但没办法，她说既然选择了以后要留在大城市当独立自主的女生，那么就要承受得住现在的考验。

大学毕业后，Lisa的家人劝说她回到老家工作，但Lisa不愿意，她不想自己的青春与热血困囿于没有竞争力的小城市。Lisa告诉我，也许她会回到家乡工作，但是在这之前，她只想为自己喜欢的青春活一次。

现在，照片里的Lisa身材高挑，有灿烂又自信的笑容，也有自己热爱的传媒工作，因为单亲家庭出身的她知道，活得狠一点，是为了免受被欺负。

2

1993年出生在宁波的读者小呆告诉我，做为一个女生她活得那么努力，因为她不想被周遭的人看扁，觉得她只要做好一个女生该做的事就行了。

由于小呆的家庭有一点重男轻女的思想，所以她有两个姐姐一个弟弟，出生在这样的家庭让小呆深切感受到，一个女生努力一点，是为了将来就算不依附旁人，自己照样能够生存并且活得精彩。

高考那一年，小呆的考试成绩没有让她考上理想中的大学，最后选择在一所普通大学读英语专业本科。

刚进大学时，她也和很多同学一样彷徨迷茫过，一遍又一遍地问自己做为一个平凡家庭出生的女生，未来的路该往哪儿走？持续了一个月的迷茫期让她恍然发现，她的理想是当一名英语老师。

后来，小呆给自己做了大学规划，她要努力学习拿奖学金，也会坚持每周六在图书馆看书并尝试翻译短篇外国文学作品，周日则会一个人在花园或者凉亭里锻炼口语能力。

大学毕业后，她在一家外贸公司上班，每天穿着正装踏着高跟鞋在职场埋头苦干打拼。只是工作没多久，男友提出分手，男友的劈腿让小呆更加笃定了一点，她必须得提升自己的高度，然后去遇见同等高度的人。

小呆在外贸公司工作了半年后辞职，也去做了助教，发现没有竞争压力活得太安逸，几个月后又辞职了，最终她选择了自己所爱的幼儿教师行业。现在，小呆在一所英语学校教少儿英语，已经考取了英语翻译资格证，正在做的事情是每晚坚持阅读，自学吉他，以及把英语口译证拿到手。

3

姑娘小艳是一个来自陕西农村的平凡女孩，20岁的她，正在努力考取专升本中。由于她是被父母抱养并非她们所生，所以小艳的性格比较自卑并且内向，她的童年在下田种地、照顾弟妹、做家务、喂猪、放羊这些农村孩子应该做的事情中度过。

初中去镇上读书后，某一次小艳买了礼物带回家给父母，然而回到家后她大失所望，父母正在闹离婚，小艳也亲眼目睹了他们打架砸东西的过程，甚至气急败坏的父亲对她说了一句非常伤害她心灵的狠话，居然让小艳滚出这个家去找自己的亲生父母。

小艳听后十分难过，自己跑去后院大声哭。小艳母亲见状后跑来安慰，母女俩抱在一起痛哭，小艳母亲对她说了很多掏心窝的话，这让小艳感受到了母亲是在乎自己的，而父亲说的也只是气话，小艳希望父母不要离婚，一家人和和美美的过日子。

上高中后，最让小艳感动的一件事情是在自己生了一场大病时，父母对自己不离不弃的陪伴，这让她感动的同时也自责，自己都已经长大成人了还让父母为自己操心，而自己却不能带给他们幸福。

读大学后，由于家庭条件与能力有限，小艳只考上了一所普通专科学校。在学校里，她也有努力地去提升自己变优秀，虽然竞争奖学金失败了，考证书考了两次才拿到，但这些并不会妨碍她追逐梦想。

即将大学毕业的她，并没有忙着去找工作，而是选择参加专升本考试，再给自己一次机会。因为没有一个好的出身环境，所以她得靠自己努力去争取创造想要的未来，就算可能会失败，但至少奋斗过亦无悔。

4

在这篇文章中，姑娘Lisa是我老乡，姑娘小呆和小艳是我的读者，我写出她们的故事只是想告诉你，成功对于女人而言是暂时的，不间断的学习与成长，才是女孩子一生要学的必修课。

一个人的努力，并不是说以通宵达旦、废寝忘食的学习工作而彰显了不起，男孩子与女孩子的努力，是为了让生活变得精彩些，把学习当做自己实现梦想的基础，把普通的工作做得锦上添花，在周末时拓展自己感兴趣的能力与爱好，比如书画、插花、香道、茶道这类丰富内涵的雅事。

有人说，现在的一些人都喜欢把女生往女强人、女奥特曼这类人推，觉得女生不应该小家碧玉，而是得像花木兰那样大大咧咧。在我看来，女孩子的努力可以让生活不单单只围绕男人、孩子、柴米油盐这些转，还可以活得丰盛一点，让单调生活变得五彩缤纷，有自己大展身手的特长、爱好、事业。

女子孩子的努力，是为了给自己将来的生活争取到更多筹码，因为她们既可以不施粉黛挑灯夜读，也可以华冠丽服艳压群芳。

她们知道在什么样的年纪什么样的场合，展示最恰当、美好的自己。学习工作时，你看见的是她们努力的一面，觉得她们活得刀枪不入。但是，当她们头戴皇冠穿上水晶鞋与华丽礼服时，你也会感叹，她的今天，名副其实，担当得起。

你今天敢于做别人不敢做的事，你明天才可以拥有别人不能拥有的东西。成功的路上，只有奋斗才能给你最大的安全感和答案。不要轻易把梦想寄托在某个人身上，也不要在乎身边的闲言碎语，因为未来是你自己的，不是你能不能，而是你要不要！每天给自己一个完美的交代，为自己而努力！

你的选择，就是你的世界；

你的世界，就是你的选择。

人生充满选择，所以人生充满变数。

关键的选择决定一生，

细小的选择影响心情。

不要抱怨，抱怨就是一种选择；

要努力改变，这才是正确的选择。

过去的选择造就了现在，现在的选择决定未来。

无论怎样，

学会积极吸收正能量，这是关乎一生的选择。

让你的人生走在鲜活的春光里

昨天给我老师打电话。她没接。隔一会儿回过来，说刚才在练瑜伽，没听见。我们交流了一会瑜伽心得，也聊了这一年各自的生活。

这个六十多岁的老太太，生活丰富得不像话。练瑜伽，也跳广场舞。追韩剧，也看英文原版小说。给老伴洗衣做饭，也给孙女烤饼干、做哈伦裤。练书法，也参加诗歌朗诵会。用PS修图，也看各种网络公开课。别人退休后都闲得慌，而她的时间，永远不够用。

我总能从她身上，感到一种新鲜的力量。这力量，我特别想传送给亲爱的你。

生活日复一日。

我们越长大，就越容易陷入一种模式。

所以在年末总结时，总觉得除了日历上的数字，今天与昨天并没有不同，今年与去年，也没什么改变。

于是就有了《约翰·克利斯朵夫》里的这段话：大半的人在二十岁或三十岁时就死了。一过这个年龄，他们只变了自己的影子。以后的生命不过是用来模仿自己，把以前所说的、所做的、所想的，一天天的重复，而且重复的方式越来越机械，越来越说腔走板。

你一定也见过这样的老人：思想固执僵化，生活因循守旧，人活在二十一世纪，见识和习惯却永远停留在二十世纪七八十年代，就是认为女人该伺候男人，孙子比孙女金贵，衣服没成破烂就不能换新的，接受不了流行歌儿，不会用手机软件，不知道iPad是何物，与新世界之间隔着天堑，再也无法融合。

更可怕的是，他们永远认为自己的习惯才是合理的，自己认定的道理才是真理，别人休想改变他们一分一毫。

我们面对这样的老人时，往往都会生出些意念：等我老了，一定不要变成这样。

可是大部分人，都逃不出这魔咒。

哪怕你怀着警觉，也总会不知不觉，被生活的套路死死困住，渐渐成为一个行走的古董。

想来，没有人愿意二十几岁就活得老气横秋，就钻进生活狭小的套子，再也出不来。

也没有人愿意到七十岁还活在二十岁时的旧世界，与现实脱轨，与新事物绝缘。

只是，人越长大，心越懒，越缺乏自我成长与更新的动力。

很多事情，没有外力驱赶，就不去做了。

而外力只会榨取你的能量，攫取你的价值，不会管你过得好不好。

我们若想真真正正活到老，而不是在二十几岁就“死去”，就需要不断地主动给自己浇灌生命的活力。

去做更丰盛、更有趣的事。

去尝试更新鲜、更宽阔的活法。

去探求生命前所未知的意义。

用自己最大的信念和力气，去突破生活越来越硬的外壳，不被一成不变的模式套牢。

用坚韧的自我驱动，去坚持不懈地生长，让自己四十岁比二十岁更好，七十岁比五十岁更好。

每一天，都不要耍赖，不要懈怠，都要给自己一个交代。

不必有多么傲人的突飞猛进，只要多认识一个有趣的朋友，多了解一个未知的领域，多学一个新鲜的技能，多开发一个新的乐趣，就好。

时间如此之快，眨眼就是一天，眨眼就是一年。

人生百年，转瞬间的事儿。想蒙混过关，容易。要活色生香，也可以。

而我们在很老很老的时候，是活得妙趣横生、风生水起，还是百无聊赖、古板封闭，取决于我们现在的生活姿态和思维方式。

新的一年开始了。无论过去怎样，从明天开始，让我们保持更新，不断拓展，带领这仅此一次的生命，一直一直走在鲜活的春光里。

如果你不相信努力和时光，那么时光第一个就会辜负你。不要去否定你的过去，也不要用你的过去牵扯你的未来。不是因为有希望才去努力，而是努力了，才能看到希望。

世界上没有谁优不优秀，逼到绝路谁都能卓越；

有了退路，谁都平庸！

胆量大于能力，

魄力大于努力。

胆量不够大，能力再强都是小人物；

魄力不够大，努力一生都是小成就。

世界上有条很长很美的路叫做梦想，

还有堵很高很硬的墙叫现实。

翻越那堵墙，叫做坚持；

推倒那堵墙，叫做突破。

让你的心气扛得起整个世界

青杨去广州给人做保姆的时候，我初中还没毕业。那个时候我以为，她的人生就像她妈妈规划的那样，给人做几年保姆，然后进厂打工，慢慢给自己攒点嫁妆，再结婚生子，复制上一辈的人生。

然而并没有。

半年后的春节，青杨从广州回来，我去找她玩，坐在她的床沿上，她兴冲冲地跟我讲异乡的生活，那里有高耸入云的大厦，有咖啡厅，有外国人，还有图书馆……仿佛声音里也带着光芒。

青杨的房间，她只占了一张床，另一头就是火灶，堆了高高的柴火，烧水做饭都在那里，中间则支了桌子打麻将，吵吵嚷嚷的，吃牌和牌的声音一浪高过一浪。

我和她说起学校里的事情，有趣事，也有感伤的事，说起我在看小说，也试着写一些片段，成绩下降得很快，可能不会再继续上高中，但自己心里没有什么想法，不知道明天会怎样。

“随波逐流吧”，我用了一个小说里看到的词，总结道。

“可是，我觉得一个人必须要有自己的想法”，青杨转身从床头的袋子里拿出一本厚厚的英语辞典，“你看，我就想学英语。我是用的最笨的方法，买了这本辞典回来，一个单词一个单词地背，好在老师教过语法和音标，读起来不是太累……等到明年，我想再买个复读机，可以跟着磁带学习。”

那个时候我还是以为，青杨再努力，也不过是个会说英语的保姆。就像大家打趣的那样，以后可以去给老外当保姆，操着一口土气的洋腔，把老外一个又一个的笑话带回来，正好成为牌桌饭桌上的消遣。

然而并没有。

一晃又是一年，青杨再回来时，我已经到县城上高中了。

那天，我看见她的床上，放着一页电脑键盘。之所以是“一页”，是因为那不是真正的键盘，而是她自己用一页厚卡纸做成的，上面画满了按键，每个按键上写着字母，还有许多的笔画。

青杨告诉我，那是电脑五笔的字根，“王旁青头兼五一，土士二干十寸雨……”她随口背起来，说东家家里有电脑，她很想学习，于是偷偷画下了键盘，又买了入门的课程，先在纸上练打字。

“要用电脑，就必须学会打字，只是，到了我这里，又成了一个笨方法”，她笑道。

我也跟着笑，但那时心里已经隐隐感觉到，青杨身上，有一股在别的女孩子身上看不到的劲头。她想要去做什么，就会不顾一切地去做，而且，用尽全力地去做好。

就像很多年后，我想起青杨所用的那些所谓的“笨方法”，其实一点都不笨，相反，她很聪明，又很用功。

又聪明又用功的姑娘，运气又怎会太差？

青杨很快去了附近的服装公司做办公室文员。虽然只是一个跟单的文员，可是在几个老乡的眼里，已经是不可思议的事情，“她不过是一个初中都没毕业的小保姆，怎么就直接去了办公室，不是应该和我们一样坐在流水线上没日没夜地赶工才对吗？”

青杨不解释，也不理会，只是每天下班后，雷打不动地去上各种各样的培训班。她越来越忙了，忙得连春节都没有回老家。

不久后，我也南下打工，路过广州去找青杨时，她刚好升了职，还在准备参加成人高考。

那天下班后，她陪我逛天河区，中信大厦的灯光照亮了夜空，在璀璨靓丽的街头，她拉着我的手大声地唱歌，一首又一首。

末了，她跟我说，想留在广州，想去很多的地方，想做很多自己喜欢的事情。

“你呢？”

我回答不上来。

那时，心里有关于文学的梦想，也有继续画画的愿望，但是现实摆在面前，我一无所有，又谈何未来，便只能走一步，看一步。那时的我，更不知道，多年后，我会去写一本小说，而青杨的人生，却已经远胜于一部小说。

后来，我离开南方，漂泊于多个城市间，一年又一年，有时随波逐流，有时随遇而安。

期间，也会偶尔得到青杨的消息，换了岗位，升了职，拿到了大学文凭，英语过了四级，在学服装设计，做到了部门经理，不到三十岁，就获得了公司的股权，并创立了自己的品牌……

再也没有人觉得不可思议。妈妈不再催促她结婚，哥哥们在家里商讨什么大事，也总会打个电话，且听一听青杨妹子怎么说。她从家中不受重视的小丫头，变成了可以依靠的主心骨。

前些年，我回老家，遇见了几个从前的同学，有人嫁给了村里的铁匠，生了一串孩子，每天在村口打麻将；有人嫁到了镇上，开了发廊，染着一头的玉米穗子，毫不脸红地和摩的司机说荤段子；也有人铆足了劲地读书，考上大学，再回到县城做公务员，每日朝九晚五……

很多时候，我都想不起她们的脸。于是又想到青杨，原来，她跟我们都不一样，是因为，她比我们都有狠劲，有韧劲。所以，她有能力蜕变自己。

可是很多人，只看了她的“变”，却看不到那个“蜕”的过程——在暗无天日的逆境中活生生扒掉一层皮的苦，能承受的毕竟是少数。承受不住的人，就只能做庸碌的大多数，棱角全无，光芒尽失，一天一天，复制自己，最终泯然于众人矣。

青杨身上的那股狠劲和韧劲，也可以称之为心气儿。男儿重血气，女儿贵心气。有心气的姑娘，才能够自以为灯。自己有自己的内核，站在黑暗中，才有清晰的方向。

“这么多年，我就是提着一口心气，一路咬牙扛着，才走到了今天。

因为起点比别人都要低，所以很多时候，都必须付出更多的努力。

有人一步就能走到的地方，我必须踉踉跄跄地走上十步，一百步，摔倒了，就再爬起来，哪怕还要走上一千步。

我所做的一切努力，不仅是为了有一天可以得到什么，比如，可以活得像一朵花，也可以活成一棵树；更是为了可以拒绝什么，比如一种僵死的生活，或者一个封闭的世界。”

几年前，我的人生曾陷入僵局，那个时候，很多朋友都曾给我打过气，而青杨，曾这样跟我说：心气儿，才是一个人再苦再难，也不能丢掉的东西。

有一句话叫做，扛得住，世界就是你的。我信。但我更信，扛得住世界的人，用的不是力气，而是心气儿。没有了心气儿，活着，也是一具躯壳。而有了心气，无论在哪里，你都可以再站起来，重新出发。

努力想得到什么东西，其实只要沉着镇静、实事求是，就可以轻易地、神不知鬼不觉地达到目的。而如果过于使劲，闹得太凶，太幼稚，太没有经验，就哭啊，抓啊，拉啊，像一个小孩扯桌布，结果却是一无所获，只不过把桌上的好东西都扯到地上，永远也得不到了。

但愿所有的努力都不会白费，但愿纷扰过后能够梦想成真。等哪天，你去了自己喜欢的城市，买下自己喜欢的衣服，过上自己喜欢的生活，就能够正大光明地回望所有经历过的苦难，不再辜负任何遇见，不再埋汰任何梦想，越来越好。

所有不曾放弃的努力坚持，都会有回报

看了那么多鸡汤，依然没过好自己的人生。这是李东临死前，脑子里的最后想法。

李东今年40岁，上有老下有小，但在他死去的瞬间，想到的不是自己的结发妻子，不是自己正上小学的孩子，也不是满头白发的父母。

李东想到的是自己的满腔热血，和再也不会实现的梦想。

李东从小就是乖孩子，从来不给父母惹麻烦，从开始上学到毕业，一直都是班里的尖子生。

少时的李东一直觉得自己很优秀，直到毕业参加工作，李东才真正明白什么是天外有天，人外有人。

不过李东从来也不气馁，因为他一直坚信，只要自己努力，就一定会得到一个好结果。

年龄越来越大，压力越来越重，实在扛不住了，李东就找个没人的地方，偷偷留下几滴眼泪，然后继续坚韧不拔的努力，始终相信努力的意义。

现在的社会，人们好像都变得很浮躁，做什么事情，都想立竿见影的见到效果，做了一段时间，没见到成效，就放弃，不在努力。

不过李东不是这样，他不管做什么，都很认真努力，虽然都40岁的人了，生活过的每天都很艰辛，依然没看到努力换来的好成果，但他依然坚持着初心。

今天李东去和一个客户谈合作，酒喝了不少，但一提到合作的事情，客户就推三阻四，或者把话题岔开，直到结束，合同也没谈成。

回去的路上李东有点沮丧，想到儿子的学费，李东心情更加沉重。

李东漫不经心的在路上走着，突然迎面来了一辆车，司机不知道是喝多了还是怎么回事，向着李东就撞了过来。

等李东反应过来的时候，已经晚了，汽车把李东撞出去十几米远，李东当场就死了。

死去的李东怎么都想不明白，励志鸡汤中不是都说了吗，只要自己坚韧不拔地努力，就一定会得到好的结果。

可是你不给我好结果就算了，现在还把我弄死，我儿子的学费怎么办，我父母老婆怎么办。

一直坚信努力的李东，第一次对努力产生了质疑。

我们那么拼命地努力，真的有意义么？

死去的李东来到天堂，他一直吵叫着要见上帝。上帝很爽快的接见了他，没等他开口，就先和他交谈起来。

你现在一定很费解，为什么你会来到这，你是那么的努力，不是应该实现自己的梦想，然后没有一点顾虑的，想做什么就做什么。

现在你的梦想还没有实现，你的家人也需要照顾，为什么我们还是让你来到了这儿。

你的家人怎么办我们暂且先不谈，我们就先谈谈你那么努力，还没实现自己的梦想，我们为什么让你来这儿。

回答这个问题以前，我先带你去一个地方看看，你可能会更能体会到努力的意义。

李东听到上帝这么说，就决定跟着上帝看看，看上帝的葫芦里卖的到底是什么药。

上帝带着李东来到目的地，李东被眼前的景象惊呆了。

只见黑压压的人群，在做着各种各样的工作，就像古代的奴隶，手上脚上都戴着手铐脚镣，后面还有张牙舞爪的小鬼，在拿着鞭子指挥，一有人偷懒，就一鞭子抽过去，打的人皮开肉绽。

李东看得心惊胆战，这简直就是炼狱啊！

接着，上帝带着李东去了另外一个地方。

这个地方的人很少，不及那边的千分之一。并且这边的人，要么是在喝茶聊天，要么是在钓鱼晒暖。

每个人都显得很悠闲，不慌不忙的，脸上都洋溢着幸福的微笑。这边的小鬼也都显得很和蔼可亲，对这些人都是客气有加。

看着形成鲜明对比的两边，李东实在是不明白上帝什么意思，他向上帝投去疑惑的眼神。

我们刚才看的那个惨不忍睹的地方，是地狱，你也看到了，在里面，人们要服役，出苦力，不但每天吃不饱，睡不好，有时还要受到很严重的酷刑。

现在我们看到的，是天堂。在天堂，不触犯天条的情况下，你可以做任何你想做的事。这里没有压迫，没有压力，可以真正地做到随心所欲。

地狱里面都是那些在现实生活中，得过且过，没有梦想，不懂努力的意义，或者还有坏人，他们统统都要下地狱，去受他们生前没有经历过的痛苦。

天堂就不一样了，这里面的人，都是很努力，并且生前经历了很多痛苦的人。

其实我们制造出人的时候，就制定了规则，每个人都注定了要吃那么多的苦，只要吃了一定数量的苦，还依然努力，那他就一定会得到好结果。

还有些人，虽然过得不幸福，也吃了很多苦，但他们却从来不知道努力，只知道抱怨，只知道得过且过，这样的人，依然是不会得到好结果的。

可是上帝，我感觉我就很符合你说的条件，可为什么我没有得到好结果呢？

你怎么没有得到好结果啊！我们现在不是把你接到天堂来享福了么！

李东想了想，好像有点道理，可哪里又有点不对劲。

想了很久，李东终于想到了家人。

上帝，我现在是享福了，可我的家人怎么办啊，他们失去我这个顶梁柱，一定会很艰难的。

谁说他们失去顶梁柱了，上帝说完以后，李东面前就显现出人间的景象。

一个和李东长得一模一样的人，在陪着客户喝酒。喝完以后，客户很爽快地和他签订了合同。

回到家，他迫不及待地把这个好消息告诉老婆孩子，看着老婆孩子兴奋的脸庞，李东留下了幸福的眼泪。

他终于相信，所有坚韧不拔的努力，最后都会得到好的结果。

与其抱怨不如努力！所有的失败都是为成功做准备。抱怨和泄气，只能阻碍成功向自己走来的步伐。放下抱怨，心平气和地接受失败，无疑是智者的姿态。抱怨无法改变现状，拼搏才能带来希望。真的金子，只要自己不把自己埋没，只要一心想着闪光，就总有闪光的那一天。不要总是烦恼生活。不要总以为生活辜负了你什么，其实，你跟别人拥有的一样多。

CHAPTER

03

不要害怕

一切都还来得及

CHAPTER
03

一个人最好的生活状态是，该看书时看书，该玩时尽情玩；看见优秀的人欣赏，看到落魄的人也不轻视，有自己的小生活和小情趣；不用去想改变世界，努力去活出自己。没人爱时，专注自己；有人爱时，有能力拥抱彼此。

不够努力之前，别急着否认了自己

2005年，头脑容易发热而略显幼稚的我，做出了一个重大的决定：出国留学。

为什么是重大决定？对于当时我们的家庭来说，出国留学这件事是个沉重的经济负担。当时，我也没有考虑那么多，就是一心想要出国，我把这个沉重的担子重重地扔给了爸妈。

我当时的想法是，只要能远离贫穷落后的家乡，就会发展得好。我总是听别人说“国外就是比国内先进！”如果真是这样，只要我能融入一个更先进的环境里，我一定可以得到很好的发展。我当时就是这么认为的。

经过几番“斗争”，爸妈最终妥协，无奈之下答应了我。他们表示，无论怎么样，都会把我供到毕业，只要我在外好好读书。我给了他们保证。就这样，我踏上了留学之旅。

出了国，我才发现，原来真的如很多人说的那样，“梦想是美好的，现实却是残酷的！”在国外那段时期，我没有按照向爸妈保证的那样好好学专业课程，而是把心思花在了谈恋爱、上网、游戏、泡夜店……

因为我潜意识里暗藏着不喜欢，我的专业课成绩一塌糊涂。当时，我被一股不正的留学风气浸染着，我甚至已经忘记了，我出国是干什么来的！我到底喜欢做什么？

我不知道自己毕业后要从事什么工作。我一直躲在学生梦里不愿意清醒。其间，我也偷偷尝试过创业，但都是以失败告终，甚至后面好几年我都认为自己不是做生意的那块料。

当我打包回国的那一刻，我才意识到，我并没有履行对我爸妈的承诺，也没有实现我自己的心愿。当一切回到原点的时候，我还是需要面对接下来的生活。

虚荣心让我总爱见人就表演出国给我带来的“优越感”，为了让他们相信，我总是避重就轻地讲一些发生在我身上的故事，以至于让我周围的很多人都以为出国原来是这么好的一件事，甚至有人还拿我做榜样，让他们的儿女以后也出国读书。

一个人脑袋上假的光环始终是假的，即使赢得一时的称赞，心里也是空的。可在一个人独处的时候，我仍然相信，即使我再没有成绩，我还是可以通过自己的努力来养活自己。自尊心告诉我，我不能当啃老族。

那时的我，只是一味地想着要赶紧工作，却不知道自己到底可以做什么，应该能做什么！

当我们内心不够强大，心智不够成熟的时候，很难静下心去对自己进行彻底地评估。我们只是一味地告诉自己说，要工作，要工作，要赚钱，要赚钱。

当一个人心里只考虑这个月能给自己多少薪水，做着一份自己并不擅长也不热爱的工作时，久而久之，这个人就会被生活打磨得没有任何激情。最后还会感叹："是啊，时间总是过得那么快，我没有创造任何价值，我在慢慢变老，生活太乏味！"

很多时候，你会忍不住抱怨这个社会，认为自己生不逢时，认为自己不能拥有很多供自己发展的机会，认为自己能力不够强大，这些所有的负面想法最终都会通过你的潜意识作用到你的生活中。

你的生活状态会一直沿着你认为的样子继续下去。生活没有任何改变，你就会越来越爱抱怨，越来越看不到任何希望。你不知道的是，你的生活状态不是这个社会给你的，而是你自己给你的，只是你没有意识到罢了。

我就是从这样的生活状态里走出来的。那时的我，也爱怨天尤人，总爱从外界找原因。自从开始认识到潜意识的力量之后，我才发现自己是个大傻瓜。生活中，我并不是没有机会，而是自己不能够清楚地认识自己到底能做什么！当我回顾过去，发现我做了很多连自己都不知道为什么要做的错事时，我清楚地知道，那是我的潜意识出了问题。我没有向我的潜意识提供正面的信息，所以我才有“我不知道我每天在忙什么”这种很强烈的感觉，我才会迷失在前进的路上。

你有没有认为自己只能做个打工仔？你有没有认为自己没有好的背景？你有没有认为自己怀才不遇？你有没有认为自己可以赚很多钱，只是时机不对？你有没有认为自己天生命就不好，不能得到上天的垂青……没错，这些负面疑问，大部分人的潜意识里都有。你知道了潜意识的工作原理之后，应该知道你之所以没有一个属于自己理想的事业，正是你不断向你的潜意识传达这些负面的信息在起作用。

过去，我一直在问自己到底喜欢做什么，到底擅长做什么。一直到去年，我还是这么在问自己。我现在知道了改变我的潜意识里的负面信息，工作也趋向平稳，但是我知道，现在的这一切肯定不是我真正的事业，因为我还是会经常蹦出一些新想法。

从小到大，我们没有少听人说“要给自己一个正确的定位”。

什么才是正确的定位？很多人的理解就是，看你自己擅长什么。但我们发现，这个世界上绝大部分的人都在做着自己不擅长的事情。当我们看见一个人做着自己喜欢又擅长的工作，我们会说这个人的命好，这个人运气好。

我以前也是这么理解的，认为要做自己擅长的事情。懂得潜意识之后，我才进一步发现，我们做擅长的事情时，无论遭遇什么挫折，自己的内心都足够禁得起。也就是说，自己真正擅长的事情，是你的潜意识不会怀疑的事情。很多时候，我们认为自己擅长某件事情，但是你内心却时不时地会怀疑自己在这件事上面所展现的能力。比如说：Q认为自己擅长唱歌，但是Q连基本的选秀大赛都不敢参加，因为Q潜意识里认为自己肯定不能从众多选手中脱颖而出。或者，Q参加了某选秀大赛，但是看见高手如云，Q的内心开始动摇，认为自己不能战胜他们。结果，歌手这个身份注定了和Q无缘。于是，当Q认为自己不能做自己喜欢的工作——唱歌，当外人觉得Q怀才不遇，其实那是一种误会。

还有很多人认为自己学了什么就算是擅长什么。请记住，潜意识需要一个信息不断传达的过程，需要一个累积的过程。当你对自己内心认为还算擅长的事情表示怀疑的时候，你不可能在这件事上面发光发亮，你硬着头皮撑着，结果铁定是好不到哪里去的。

如果你的潜意识认定自己是歌手的料，你会如何采取行动呢？

生活中，如果你认为你有很好的厨艺，缺乏管理知识，那就先当厨师，等到在别的饭店学到管理经验了，再开餐馆。同样地，如果你认为你歌声出众，但是其貌不扬，那就去幕后当伴唱，等到你自己不再那么在意自己长相的时候，再去台前唱。在幕后，也许没有丰厚的收入，但最起码做着一件你自己喜欢的事情。当你越来越享受你当下所从事的工作以后，你的潜意识会促使你迸发出巨大的能量，你在这个领域自然就会发光发亮，而高收入就真的只是顺带的事了。

所以，你需要找到一个在潜意识里你认定能做好的工作。比如，我现在正坐在这里写这本书。无论后期读者的反响如何，我都很自信地认为，我所体会到的潜意识作用是对读者有帮助的，最起码可以帮助到一部分人。我绝不会怀疑我自己所总结的潜意识知识，因为这些知识已经在我自己的生活和周围朋友的生活中得到了检验。

我和我的朋友都在慢慢进步，生活都在好转，我相信下一个就是你。

无论是苦心找寻，还是途中偶遇，那些美好的人与事，都要倍加珍惜，别奢望下一站还有原样的风景，错过的东西或许就是无期。有缘无分是一种托词，只因我们还不够努力；败事在天亦是一种慰藉，只要是无怨无悔，就算完败也不言放弃。放下了别落泪，转身了莫回首，把苦痛埋心底，让往事吹风里。

毕业后，我一个人辗转去了很多陌生的城市，好几次在车站拥挤的人潮里哭红了眼睛。后来才明白如果不够勇敢不够努力，那些身边最想守护住的人，不管是爸爸妈妈，或是朋友们，我都无法守住。二十岁之后的我们，绝不是被世界寂寥地驯养，而应努力的不被残酷的命运支配。

不怕输，才有机会赢

1

我的性格中曾有一处明显的弱点，太想赢但又输不起。

十岁时参加学校运动会，不擅长跑步的我最后一个跑过二百米的终点线，还未下跑道便急迫地对人讲，“我今天鞋子不舒服……”

十四岁时和小我四岁的表弟打牌，表弟聪明伶俐又技高一筹，我眼见他的牌顺利出手只剩下薄薄的几张，我甩开一把烂牌，污蔑表弟“你耍赖！”

十八岁时因为一次月考成绩不理想，我撕碎卷子，趴在桌子上痛哭，哭到声音嘶哑，哭得惊动了半个班级，甚至生出从教室窗户跳下去“一了百了”的想法。

……

在那些年里，已经习惯旁人对我说，“这孩子好强，以后一定有出息。”

却在后来的日子里感触到，“要强”是强者的共性，但输不起绝对是弱者的态度。

2

最怕和一种人打交道。

他们问我这样的问题，“恨死现在这份工作了，一直想换个营生，但是会不会到头来还不如现在过得好呀？”

他们也说，“我好想出国，做梦都想，但是我家境不富裕，你说我万一找不到工作，没办法养活自己怎么办……”

他们也说，“和恋人在一起有些日子了，两个人相处一般，不是特别满意，你说我应该分手去找个更好的人吗，但万一我找不到怎么办呀？”

……

诸如此类瞻前顾后的问题，即便用力去回答，很久之后依旧会看到这样的情形：

大多数人五年之后的生活没有丝毫变化，做恨死了的工作，和不爱的人结婚，诗和远方都成了别人的。

到头来才幡然醒悟，人生哪有那么多需要担忧的“万一”，每一道坎原来都有能跨过去的力气。

如果当初直面内心，辞掉工作，奔向远方，去爱真正爱的人，就算跌倒了也可以再爬起来继续走，现在的自己还会是这般疲惫吗？

那是怕输的从前，却给了你输掉的今天。

3

我常说远行是我的修炼，朋友常问我，“此路收获几多？”

还没有什么值得称道的成就，路漫漫其修远兮，但敢输是我最大的收获。

五年前的人生，没有钱没有绿卡没有“输了就输了”的霸气，这几年吃过苦受过累独自消化过委屈，从学会“如何赢”，到学会“习惯输”。

我输掉过工作，输掉了青春，输掉安稳，输掉爱情，输掉很多好想法好机会还有十万分的努力和期待，一度把自己输到社会的最底层，输到无人支持的境地，输回失败者的状态……

可即便在最糟糕的时候，我也从未有过逃避放弃抑或是终结人生的消极想法：工作丢了那就找一份更好的，爱错了就重新开始新的旅途，写的字无人看那就默默坚持，创业失败了那就重整旗鼓再次出征……

我不再是那个输不起的小女孩，我长大了，并长出一些英雄的气度，在输的状态里保留赢的信念，大胆去尝试人生，输就输了，那又有什么关系，只要心怀信念且坚持够久，我相信自己就能把输掉的东西一点点赢回来。

从踏上远行这条路起，我也遇见很多同路人，二十几岁独自去远方闯荡的年轻人，客观条件差别不大，我们中的大多数人都在踏上异乡土地的那一刻，一无所有，且前途渺茫。

可我开始在远行的人群中发现，在同等条件下，人与人的生活竟会产生巨大的差别。

无须很久，只需要几个月的时间，就能看到一种人陷于困境停滞不前，怀抱着“万一”的忧虑紧紧不放，而另一种人已经跳出了窘境，正在致力于新的生活，哪里都能成为新生的福地。

如果去看一看两种人的生活态度，不难发现，前一种人往往顾虑重重万事谨慎，他们瞻前顾后，极其怕输。后一种人破釜沉舟勇敢洒脱，敢输敢赢，摔倒也跌跤，但偏偏马上爬起，再一身活力地迎上去。

前一段时间，和两个久未相见的朋友联络，得知几年前两个以厨师为梦想的男孩子，一个还在抱怨着那份当年欲辞未辞的工作，一个已经成为了高级餐厅的大厨，在热气腾腾的炉灶间给我发来满是美食气息的问候。

想起几年前认识他们的时候，我们均走在梦想的路上，一个万分纠结地问我，“我这份工作稳定薪水高，万一辞职去做厨师失败了可怎么办呀？”

一个则爽快地辞掉工作去餐厅洗碗，对我说，“哈哈，等着我从洗碗工成为神厨的那一天！”

4

从前常以为，那些如今看起来生活平顺事业有为的人，一直走运。

后来才发现很多人第一步就输的极惨。

大卫·芬奇导演电影处女作《异形3》时连自己都无法接纳成品，影片备受争议且相当糟糕。

马云早年高考几次失利，为生计做过数份工作，创业之初被称为“骗子”，缺乏资金亦缺少支持。

李安在成为声名显赫的导演前，输掉了自己七年的时光，那七年里他碌碌无为，靠妻子一个人养家糊口。

最近读余华的《兄弟》，感叹其中李光头从一无所有到坐拥金山的故事，也未必不是真实人生的缩影。

他的人生从贫穷中来，又几度陷入一无所有的境地，人性中有不被称道的无赖成分，可我最佩服他每一次失败后，却能保持着“我会赢”的体面。

“输就输了呗，老子再闯一次嘛。”我猜他就这样想，他摔倒的次数最多，也数他活得最自在，最神气，最潇洒。

生活处处是哲学，愈来愈发觉，“万一……”与“那又有什么关系！”不仅是两种心态，或许也会把你带到两种不同的人生。

年轻时最好的事是有梦想，最坏的事是有梦想但又极怕输。

输了又有什么关系呢，摔倒了就站起来，继续走，一直走到赢的那一刻。

碰到一点压力就把自己变成不堪重负的样子，碰到一点不确定性就把前途描摹成暗淡无光，碰到一点不开心就把它搞得似乎是这辈子最黑暗的时候，大概都只是因为不想努力而放弃找的最拙劣的借口。没什么值得畏惧，你唯一需要担心的是，你配不上自己的野心，也辜负了曾经历的苦难。

不管黑夜有多长，天亮总会到来。上天不会只是永远地去眷顾一个人，去给她多大的幸运，日后必会给她多大的磨难。她能做到的只是把握住幸福的时机，凭借它努力地冲上最大可能的顶峰。所以，绝不可以错过任何机会。

不要让你的人生因为不努力而留下太多遗憾

有个朋友曾经问我，如果时间可以重来，会想重新过哪一段人生？

我仔细想了想，发现到目前为止，没有任何一段人生会让我想重新去过。

朋友很惊讶地问我，难道都不曾后悔过，想要回到过去扭转剧情走向吗？

如果时间可以重来，你想重过哪段人生？

我想，倒也不能说完全没有后悔，甚至可以说有太多令人感到后悔的事了，但我始终记得作家王小波说的："这世界上有些事就是为了让你干了以后后悔而设，所以你不管干了什么事，都不要后悔。”

大概是因为，曾经后悔的事情太多了，反而没有太充裕的时间，专心地让一件事后悔很久很久，所以现在看来，也都不是什么急欲扭转结局的事情；再说，生命充满了戏剧性，也许两年前你追悔不已的事情，在老天的巧妙安排下，反而促成了另一件好事。虽然人一定会后悔，但这样看来，世界上也不存在值得用太长时间去后悔的遗憾。

曾经看过一个故事：有一天晚上，一支游牧民族在野外准备扎营休息，突然一阵强光笼罩大地，他们殷殷期盼，恭候神明的到来。神开口说道：“你们明天沿路要多捡一些石头，放进马鞍袋里，到了晚上，你们会非常快乐，却也非常后悔。”

说完，神便消失了。牧民们非常失望，因为神没有带来想象中的财富与长寿，虽然有些不情愿，但隔天他们还是遵照神的旨意，随意地捡了些石头放到马鞍袋里。

到了夜幕降临时，他们果然非常快乐，也非常懊悔。因为那些石头变成了一颗颗的钻石，他们一边快乐地拥有这些意外之财，却也后悔当初没有多捡一些石头。但显而易见地，没有人能够让时光倒转，回到来时路上多捡一些石头。倒不如赶紧运用手上的钻石，去获得更多的利益。

只不过，快乐和后悔，其实都是情绪的一种，为什么我们总是很快地遗忘掉拥有过的快乐，却让自己花上大半辈子后悔呢？

而且，后悔，绝对是一项对生命破坏力最强的情绪。

如果你感觉愤怒，只要能够适当地发泄，怒气带来的力量会让一个人变得振作；如果你感觉悲伤，只要你愿意好好品尝那个独自泅泳的当下，那会是个让你好好面对心中伤口的契机

但是，只懂得后悔的人，不敢面对当初下错决定的瞬间，不敢承担没把事情处理好的责任，于是选择用“后悔”的负面情绪束缚自己，免于接受作为始作俑者的自己。

一意只知后悔的人，就像不小心骑车跌伤了，还不断地想着“早知道刚刚不要骑这么快”“早知道我先两秒刹车”……这样做，对伤口一点儿帮助也没有，任凭再多“早知道”，也比不上马上将伤口包扎好来得实在。只要人一天不敢面对自己犯的失误，就一天不能抽离后悔的情绪，当然也就无法好好振作，面对现实。

曾经在朋友的店里，看到一位来喝酒的妇人，当时她带着醉意，趴在吧台上不断地对我朋友絮絮叨叨地说：“早知道就不要赌，欠了一屁股债，小孩肚子饿，家里竟然翻不出任何吃的……我真的是一个失败的妈妈，真的很失败……”

那天晚上，那位妇人不断地重复这段内容，听到我都会背了。好不容易，她离开了，我朋友才跟我说：“你知道吗？她刚刚讲的那件事，是十五年前发生的，她后悔了十五年，却从来没有

想要认真还债的意思。”

听到这番话，我感到很震惊，一个人竟然可以放任自己沉浸在后悔的情绪里十五年，却不愿意让自己有勇气正视问题，赶紧做出补救措施。既然过去是个不尽责的母亲，那为什么不做点什么，即使不一定能成为成功的母亲，至少也不要让自己永远是个失败的母亲。

再多的后悔也还不了债务、挽不回破裂的婚姻、错过的机会也不会重现；后悔像是一种极具腐蚀性的溶液，你浸泡在里面愈久，心智就被侵蚀得愈严重，它造成的损失，远比你后悔的事件还来得严重。

一个人之所以能成功，不是因为从未下错决定、误判情势导致伤痕累累，只不过他懂得亡羊补牢，不让伤口继续恶化，用尽各种办法让伤口痊愈。

没有人能够永远不踏错步、走错路，重点在于要懂得马上调整方向，而不只是蹲在路边哭。

也许，再努力、再绞尽脑汁也都无力回天，但可以确定的是，只要你一旦开始想办法为生命的伤口止血，你就会让自己脱离后悔的地狱中，不再受没有意义，更没有建设性的苦。

广告文案创意人杨梨鹤说：“人生的遗憾不在过去，而是很想做的事，到死都没去做。”

而我想说的是：人生的遗憾不在过去，而是该做的事，到死都没去做。

毕竟，不是每个人都有想做的事，不是每个人都有想完成的梦想；但是，每个人都一定会有感到遗憾的时候，如果在那个当下，不懂得赶紧积极地做些什么，让情势停止恶化，那才会造成永无止境的后悔。

没有解不开的难题，只有解不开的心绪。没有过不去的经历，只有走不出的自己。我总是担心会失去谁，可是我忘了问。又有谁会害怕失去我？人生努力了，珍惜了，问心无愧，如此，甚好。

所有的果实，都曾经是鲜花，但不是所有的鲜花都能成为果实；每个人都曾经年轻，但不是所有年轻人都能很好地成长；很多人都在奋斗，但不是奋斗的人都能成功。对于自己想做的事情，只要尽了最大努力去做，就无须计较结果。人生重要的是过程，而不是结果。只为没做的事后悔，不为做过的事后悔！

多试一次，你就比别人成功了

莉莉姐是我们公司的红人，但论身高，她算不上高挑；论样貌，也不算出众；平时，也不见她跟老板走得多近，可不知道她用什么方式，总是能得到器重，连着三年的升职加薪都有她的份儿。

前几天，她带我一起去见个客户，并没有什么要紧的事，只是日常的关系维护。落座之后，咖啡端上来，彼此寒暄两句，客户无意中说起最近忙着跟人谈一个合作项目。待对方说完，莉莉姐瞅准时机又不失风度地追问，已经签完合同了吗？有没有可能交给我们公司来做。

客户犹豫了一下，说，已经有了一家意向单位，谈得差不多了，所以很抱歉，这次可能不行了。莉莉姐没有放弃，继续说，我只想知道，如何才能把不行变成行。

跟客户吃完自助餐后，莉莉姐没有回家，开车一路回了公司，连夜写出了一份详细的计划案，第二天一早又带着我去了客户那儿。对方依然热情有礼地接待了我们，但看过方案之后还是有些为难地说，可能这次会有点难度……

几乎一宿未睡的莉莉姐脸上带着一贯的微笑，让人难以察觉一丝倦容。她语气坚定地接过话茬：没关系，我们今天就是来解决这些问题的。你只需要告诉我，怎么才能成。即使最后还是没能合作，至少我争取过了。

经过反复商讨、修改方案，最后，莉莉姐愣是后来居上，从众多竞争对手手中把这个单子抢了过来。

签完合同那天，她请我吃饭，算是小小地庆祝一下。我问起她哪来的魄力和韧劲能如此执着，她说，不管是你想要得到一样东西，还是实现一个梦想，总会出现这样那样的困难和阻挠，有多少人的第一反应是既然大局将定，那就放弃吧，下次有机会再说。可是，哪有那么正好的机会。我只不过是比别人多问了一句“还有可能改变吗”，只要有一点点希望，我就想试试。

“本来胜算就不大，非要逞能，万一失败了，多丢人。”我脱口而出。

“敢于尝试，这是年轻的资本，有什么可丢人的。你没听过那句话吗，生命中最痛苦的事，不是失败，而是我本可以，但却没有。”

看我一脸景仰的表情，莉莉姐端起酒杯跟我碰了一下，说，其实她的胆量也不是生来就有的。在她的大学时代，内心也曾自卑过。学校组织排球比赛，她明明在中学时练过，可觉得自己个子不高怕被笑话，就没敢报名。可班里的女生太少，她勉强同意做个替补。她在比赛的最后几分钟上场，竟连得了好几分。她像突然间顿悟，自己明明是可以的，为什么之前一直畏畏缩缩？

其实这样的例子，在我们的生活中真是太多了。你想养一盆绿植，可是想想有些困难，还是算了吧；你想要考研，可一想到没日没夜地复习之后还是可能不会成功，就放弃了；你想要跑步，可是担心自己没有科学的方法，跑几天也减不了肥，于是就作罢了；领导给你一项新的工作，你从来没干过，生怕出错，又推掉了……

所有可能让你变得更好的努力，在一开始就被你扼杀了。如果你一直没有尝试迈出第一步，怎么可能掌握栽培绿植的方法，怎么可能享受到跑步之后大汗淋漓的酣畅……难道害怕自己没有经验，害怕中途突然出现的变故，害怕事到最后依然不尽如人意的结局，或者仅仅是怕输、怕被嘲笑，就不敢尝试了吗？

其实，同样有太多类似的例子在告诉我们，很多时候，那些困难真的没有想象中那么难。就像莉莉姐告诉我的，“我无数次地跟自己说，再试一次，如果这个关过不去，再放弃吧。可是，每个关就这么闯过来了。最难的，只是需要你迈出尝试的第一步。”

想起之前看到杨澜在书中写到她对迈克尔·乔丹的采访，这位被誉为“飞人”的伟大运动员说：“我起码有9000次投球不中，我输过不下300场比赛，有26次人们期待我投入制胜一球而我却失误了。我的一生中失败一个接着一个，这就是为什么我能够成功。我从未害怕过失败，我可以接受失败，但我不能接受没有尝试。”乔丹说，面对所有的伤痛和困境，他的法宝就是父母从小教育他的那句话：“谁都会遇到倒霉事，你的任务是想办法把坏事变成好事。”

而这，其实也是我们每个人毕生的功课。

我们每个人都有自己的梦想，都有想要达成的目标，都有希望成为的样子，但在这个过程中，总会出现各种干扰。与其畏缩不前，何不趁青春年少，大胆一试？许多事情，不是因为做不到才让人失去了信心，而是因为失去了信心，才变得难以做到。

你与成功之间的距离，有时候可能就在于你比别人多尝试了那一次。

青山绿水，多么美好时光。努力吧！人生就像培育种子，你投入的每一分努力。都会在未来的某一天回馈于你。而你所要做的，就是每天多努力一点点。请相信：别人拥有的，你也会拥有。只要努力，时间都会给你没有人永远把你放在心中，没有人日日关注你的心情。你的人生，需要你自己努力进行，你的生活，需要你自己刻意经营。人生，就似攀越一座座山峰，只要没有到达顶峰，永远超越不了别人。不论是山顶，还是山腰，始终都是差距，俯视与仰视，有着不同的境遇。

每一个犹豫不决的挣扎，都是对人生最大的浪费

二十岁时，我很胖，大概得有一百三十多斤，室友说你可以减肥，我自卑地说，我胖了好几年，很难减掉的。

她回答，乱说，任何时候减肥都不晚，女人要保持苗条。

我信，但我更信自己减不下来，不止是因为懒，还因为我喜欢给自己找借口，让自己心安理得地懒下去。

她说，这个暑假你跟着我去游泳，我保证你瘦身成功。

我本无信心，但那个暑假，我正好准备一次英语考试，便随了她的意。

那个暑假，我和室友都没有回家，她每天晚上都带着我去学校的游泳馆游泳，我们不吃晚饭，只游泳。

一开始我不会游，只能泡在游泳池的浅水区，纯属为水池增加温度，那时，她嘲笑我是个水泡，最初，她是颇有兴趣教我游泳的，我也一口一个教练喊得很带劲，不到三天，她没了耐心，只好说："你就在这水池里来回走，就能减肥，真的，水泡，我得消失一会……"

话没说完，她就游走了，像个美人鱼一样在泳池中悠然自得，全然不顾在一旁呛水的我。我看着她消失在水面上，那被她双脚打起的水珠犹如层层水幕，洒在我的脸上。

我回味着她最后那句话，只好相信，我笨拙地在水池的浅水区来回走动。

往下的日子，除了姨妈君前来拜访那几天，我几乎每天晚上都会泡在游泳池里，不知泡了多久，喝了多少泳池的水，我居然自学成才，也成为了泳池里的一条鱼，一直到现在，我回忆整个大学，就是满鼻子很呛的泳池味，它混杂着青春的气息，也带着一个胖姑娘不服输的倔强，让我深深怀念。工作多年后，每次遇见无法解决的困难，我都误以为自己又一次跳进了那个呛鼻子的泳池里，我都会告诉自己，没关系，胖姑娘，即使只有你自己，你还是可以游出来……

大学的那个夏天很快就过去了，秋天开学时，我憋着两个月没有称体重，一上称，居然瘦了二十多斤，同学们看到我活生生瘦成一个窈窕少女，纷纷问我秘籍。

我转头问室友："那个秘籍就是在水池的浅水区不停地走，慢慢就学会了游泳，然后就瘦了，我是应该这样告诉他们吧？"

她哈哈大笑："那是我随口说的，你也信？当时，我只是不想一个人在学校里过暑假，想拉你陪我啊，傻妞啊，你个大水泡！"

哇，可我那时真的当真了，并奉这句话为真理，原来她不过想找个伴陪她过暑假，才撒谎骗我留下。但我依然很感动，因为两三个月前那个130斤的胖子，真的想不到自己瘦了二三十斤。

想想之前总以为减肥为时已晚，哈，原来真如室友骗我的那句话，下决心让自己变得更好的时候，就是最好的开始。

一直到现在，我都保持了那年夏天的体重，没有再胖回去。每次看到身边的朋友们龇牙咧嘴地吼着减肥，用尽了各种办法，却依然义无反顾地当了一年又一年的胖子，她们先是感慨，这辈子是瘦不下来了，而后又欣然觉得胖女孩也不错，每次试穿到不合体的衣服适，她们又会懊恼地转头问我："喂，减肥的秘籍究竟是什么？"

我都会回答："哈，试着去泡游泳池吧！只需泡上一个夏天，不会游泳的更好减，就在浅水区狂走，说不定一个夏天过去了，你就能遇见另一个自己呢！"

二十多岁的时候，我想写作，写很多故事，成为一个作家，我的一个发小苦口婆心地劝我，写作要看天赋，不是你想写就能写，你看看那些成名的作家，那个不是从小就秉承天赋，现在开始写作，肯定晚了。此外，女孩子干得好不如嫁得好，女人这辈子最重要的是找到一棵大树，你只需要站在树下就能高枕无忧地度过这一生……

发小意味深长地说完这些话，便离开了北京，回到了老家的小城，匆匆嫁人，自此成为家庭主妇，过上了如她所愿的生活，留下我一个人在这个城市漂泊。

我还是想写作，虽然没有大张旗鼓地去报写作的班，却每天坚持下班了看书写作，我把看过的书都整理在阳台的书架上，八个月后的一天下午，我回家格外早，看到阳台上两个书架的书，随意翻开一本书，都有我划过的痕迹和记录的字，突然泪流满面。

我那时并不知道自己要坚持多久，看多少书，写多少故事，流多少眼泪，经历多少段人生，才能顺利地出版一本书，才能成就自己的梦，但想想二十岁时自己减肥时，也不知道何时才能瘦下来，但去做的过程中，突然而然地也就走到了那一天，于是，擦干眼泪，我趴在写字桌上，又开始创作。

当时有一个同事涂哥和我一样，白天去上班，晚上回家画画，他坚持了很多年，作品也曾在国家博物馆展出过，拿过奖，我那时特别仰慕他，每次在他旁边站着，都觉得自己是初出茅庐的小女生。遗憾的是，涂哥后来离开了北京，回了老家，不再坚持画画。

我记得当时自己把他送到车站，虔诚地抱着他送给我的画，真诚地祝福他："你在那片山中住着，别忘了画画。"

他说："画画不能生活啊，我还要赚钱，还要生活，还要结婚养家。"

涂哥说的我都能理解，但依然觉得很可惜，一个那么热爱画画的人就这么离开了，可我不能因为缺少了一个伙伴就放弃写作和绘画，所以当涂哥告诉我，从事艺术创作，认真你就输了。我却觉得不管你选择了哪一种生活，不认真你会输得更惨。

直到现在，我在帝都依然是漂泊的人，不知何时能停下来，我一路上遇见了很多坚守梦想的人，也有对梦想嗤之以鼻的人，但随着年龄的增长，我真的越来越喜欢梦想这个词，不仅如此，我更欣赏那些懂得认真坚持的人。

我依然走在这条路上，从一无所有到颇有收获，从自我怀疑到信心满满，我不再羡慕任何人，只想认真做好自己，我懂得自己的欲望，也懂得如何去支配它。我终于出版了自己的书，过上了自己想要的生活，想停下来享受生活的时候，敢立刻停下来，想奔在职场的路上时，可以义无反顾地前进。直到有一天，我觉得自己好像成熟了，一个人也仿若千军万马。直到有一天，最初劝我不要盲目的发小拿着我的书说，真羡慕你，可以为自己而活，你身上拥有我想得到的自由和快乐……

听罢，我终于扬眉吐气。

二十岁最年轻的时候，我真的只是一个满身缺点的小女孩，我却如数家珍地将之归属于个性。幸运的是，那时我没有盲从身边的声音，认为一切都为时已晚，努力是最可悲的牺牲。总有一些人，一些事改变了我对自己的看法，让我奔波，让我升腾，那时的付出带着一种盲目的蛮劲，傻瓜般的盲从，但正是那些疼痛，犹如化茧，让我走到三十岁的关口，获得了从未有过的信心。

以前，一个作者朋友总笑我没有天赋，发小笑我难以嫁到理想之人，那时的语境多么刺痛我，此时此刻，我三十岁，再回首，一切云淡风轻。我爱这世界，爱它的繁华，也爱它的脆弱，我试着理解每个人在不同环境下的选择，也尊重任何一个人的决定。

从二十岁跳下泳池那一刻，我明白，不管任何年纪，我都要很努力，我只想成为自己喜欢的那个人。我不想辜负以后的以后，也盼望老了的时候，那时的自己会对年轻的时候说点什么呢？

说的一定是，几乎所有的事情，你觉得为时已晚，恰恰是最早的开始。想做什么就去做吧，每一个犹豫不决的挣扎，都是对人生最大的浪费。

小鸡问母鸡：可否不用下蛋，带我出去玩啊？母鸡道：不行，我要工作！小鸡说：可你已经下了这么多蛋了！母鸡意味深长地对小鸡说：一天一个蛋，菜刀靠边站，一月不生蛋，高压锅里见。存在是因为你创造价值，淘汰是因为你失去价值。过去的价值不代表未来，所以每天都要努力！

也许你在经历一段挺纠结的岁月：想成为家人的依靠，却发现生活远比想象艰难；安慰自己还小，不少朋友看来却风生水起。不用着急，也不要沮丧，只要你还年轻，只要你还相信梦想和努力，你也会同样熠熠发光。坚守，改进，做更好的自己。

面向阳光，一路朝梦想靠近

你可知道，当你突然明白生活不仅仅是眼前模样的时候，那时已经晚了。

所有曾经隐忍的时光，都意味着我们会有更多的潜能可以发挥，那些在你前面形成的漩涡，都是搅拌时光的迷药，你吞下它，然后目眩神迷，跌跌撞撞往前走，迷失方向。

我记得有一句话——不要做只顾眼前的人，不要做一个“正常”的人，在别人眼里的正常，或许也有另外一个同义词——平庸。

前一段时间我出差去台北，在飞机上偶尔醒来，听到旁边的同事低低地抽泣，我拉下毯子扭过身子问她，怎么了？

她抹了一把眼泪告诉我，家人给的压力很大，总让她回去生活，自己在北京近十年，却一直没有归属感，仿佛这座城市的一切都和自己没关系。虽然做着看似光鲜的工作，但背后的艰辛又有几个人懂。自己想想，还是放弃吧，但是……

我插话说，不甘心。她点点头，对，不甘心。然后她不好意思地冲我笑笑。我没有多说什么，继续闭上眼睛佯装睡觉，但心想，不甘心，说明你心里还有梦啊傻姑娘。

梦想是一个很折磨人的东西，曾经有话说，梦想很丰满，现实很骨感。但经过这些年我才知道，这话其实错了，现实其实很丰满，但理想却很骨感。

有人说不相信奋斗的意义，也说梦想一文不值。有人因为无法得到心中所想早早放弃，有人不知道坚持下去究竟为何，也有人，在面对生活的百般压力面前，缴械宣布投降。

生活把我们翻来覆去地虐待，而我们仅为了一些大众标准生活，这样的日子就会活得顺畅如意吗？我不相信。

这个世界上，有很多事情我们无法完成，你想要尽快腰缠万贯，你想要早日得名得利，你想成为人中翘楚，但是谈何容易？

一天晚上，我和一位熟悉的编辑老师坐在车里，她第一次对我讲起了她的故事。十年之前独自来到北京，那时是二十出头的年纪，为了爱情扛着行李来到这座陌生的城市，一切的生活与往日不同，住在半地下室里，每天做一点散工养活自己。

不久，爱情离她而去，她开始真正想要怎么度过以后的日子。后来因为巧合进入了图书行业，那时身上已经没有积蓄，借钱买了一辆二手自行车，每天上下班要骑车两个小时。

在黑暗中我问她，这样的日子苦不苦？她笑笑继续说，那时每天担心的只有两件事，一是明天会不会下雨，二是中午吃什么。

她告诉我，如果明天下雨或者天气不好，就要坐公交车去上班，坐车要花钱。中午吃一份盖饭，舍不得吃完，留下一半留着晚上吃。8块钱就是一天的饭钱，后来附近开了一家新的饭馆，里面的黑椒牛柳盖饭特别好吃，但是要12块。

我默不作声，她继续说，新的饭店给的量也足，但是不能总吃，太花钱。而且总打包感觉也有点丢人，思来想去还是8块钱的更适合自己。

我冷不丁问她，不饿吗？她说，饿啊，那时瘦到只有80斤，不敢生病，不敢买东西，总怕花钱。我又问，这么辛苦怎么不回家？

她乐了，拍着我的肩膀说，现在不也挺值得？当你有很多路可以走的时候，去走当下的路，去做当下的事，往往最艰辛的那条道路，能最早看到光亮。

每个人都有自己的天赋，也有努力的极限值，这些先天因素都决定了你是否能做好一些事情。但是不要忘记，所谓不相信努力的意义，所谓不想走艰难的路，其实都证明了一件事，你的心，根本没有做好接受未来的准备。

我曾经听过一句话，生活给予我们千百种生活方式，既然我们认定了其中一种，那么就走下去，如何走是你的事情，走到何时也是你的事情，既然都是你在做主，干吗要对不起自己，干吗要临阵逃脱？你逃离的不是你的生活，而是真正的自己。

我始终都相信，所有的艰辛必然有它的道理，因为那是梦想的原始本质。

有人曾经在微博上问我，如果自己坚持的梦想一直没有实现，会不会觉得遗憾？我说，不会，但前提是我真的尽力了。

尽力这回事说起来简单，但做起来却困难。正如老师的故事，简单几行字就可以一笔带过，但细细想来，那些炎热的夏日，那些寒冷的冬天，那些无法面对的时光，她是怎样独自一人走过来的，这其中的酸楚，又怎能是几行字可以描述清楚？

我觉得努力是梦想的前提，也是尽力的回报，实现梦想是它们综合在一起的回报。你或许会因为在其中时难以坚持黯然神伤，但回头再看，一定会为曾经的努力而深深自豪。

如果说你的选择是做自己喜欢的事情，那为什么要放弃呢？如果在面对外来压力时说是迫不得已，是否可以理解为是你的坚持不够呢？任何事情都可以有借口，但是在我看来，唯有努力和坚持，是没有借口可以推脱的。

因为在我的心里，坚持是我衡量是否对得起自己的唯一杠杆；而是否能够坚持，取决于我是否真的想对得起自己。

我相信，不管是什么人，如果能够懂得自己，无论选择怎样的道路都不会后悔。正如老师所言，怕的是选择之后一再后悔，将青春时光白白浪费在了抉择和纠结里。倒不如一条道走到黑。

我曾经打趣地问，走到底发现是死胡同怎么办？她说，那就一头撞过去，能够走到死胡同一定是走了很远的路，那时自己的身上早已有了坚硬的盔甲，刀枪不入。怕就怕还没走就是个软柿子，那就必定要受欺负。

和我一起出差的那个姑娘后来告诉我，之所以在飞机上情绪崩溃，是因为不愿意过混吃等死的生活，但又不知道该如何坚持。现在我应该告诉她，当你不知道如何选择的时候，去走那条最艰辛的路。

谁都想要过好的生活，想买好的东西，想随时旅行，想一切都拥有，没有人喜欢艰辛，也没有人愿意一直劳累。但是，在你想要过好之前，首先要走过艰辛，不是每个人都可以累了就去购物去旅行，也不是每个人都会在困顿时马上醒悟。但是，你可知道，当你突然明白生活不仅仅是眼前模样的时候，那时已经晚了。

我们注定是有许多无奈的，梦是真，想是真，压力是真，困惑是真。所有的一切附着在身上的时候，自然会感觉到压力，那时我们都会想，不如就放弃吧，不如就换条路吧，因为眼前的一切所得必须抓住，往后的梦想不一定会实现。所以，就这么着吧，得过且过。

很多人都会这么想，于是很多人，都变成了得过且过的人。

不要担心自己的生活即将结束，而是应该担心你为自己的生活其实从未开始。

你是什么样的人，就会产生什么样的思维，拥有什么样的梦想。你相信它，自然它也会相信你，但如果你开始犹豫时，那么你内心所想就会离你越来越远。我们不是应该突然明白生活不是眼前的光景，而是从一开始就笃定，如果要遇到光明，一定要首先经历黑暗。

当你追逐你的道路时，这个世界注定会制造很多麻烦来困扰你，现实和压力也会束缚你前进的步伐，但这些都不重要。重要的是你有没有信心和毅力，重要的是你有没有一颗跳动的坚持的心。我始终相信艰辛会让人成长，而努力一定会带来更好的未来，因为未来的自己，一定会感谢现在走过艰辛道路的自己。

生命终归是漫长的，我们所能依靠的只有自己。所以，管那么多做什么？该做的做，该走的走，流泪了就擦干，迷茫了就调整。你面向阳光，才能继续前行，而背后那些艰难的阴影，也会因为光的渐亮，让它无处可逃。

生活不只眼前的苟且，还有诗歌和远方的田野。你赤手空拳来到人世间，为了心中的那片海不顾一切。

每天告诉自己要努力，即使看不到希望，也依然相信自己，压力不是有人比你努力，而是比你牛叉几倍的人依然在努力，优秀的人，都有一段沉默的时光。那段时光，是付出了很多努力，忍受孤独和寂寞，不抱怨不诉苦，日后说起时，连自己都能被感动的日子，唯累过，方得闲。唯苦过，方知甜，不虚度这么好光阴！

生活其实也很简单，喜欢的就争取，得到的就珍惜，失去了就忘记。是你的，就是你的。越是紧握，越容易失去。我们努力了，珍惜了，问心无愧。其他的，交给命运。

你的害怕会让你一无所有

最近收到最多的问题，是这样的：

我想去考会计，可是心里很害怕，害怕自己考不好。想了很久了，始终也下不了决心，怎么办啊？

我要去面试了，可是心里好担心好害怕，都恨不得世界末日算了，我是不是很懦弱很没用？我这样的人是不是什么都做不好？

我想做很多事情，可我总是害怕，总不敢迈出脚步，很多事情想了一遍又一遍，最后又不了了之。我是不是很没出息？

……

看到这些问题的时候，我是感同身受的，因为我也有过无数个这样的时刻。

记得第一次做培训，是应一位朋友的邀请。在这之前，我没有做过任何培训，我不知道应该怎么去培训，但因为对方是一个相交多年值得信任的朋友，我自己当时也想涉足这一块，于是毫不犹豫地答应了下来。然后一边准备一边各种担心，我怕自己讲不好会冷场，我怕会应付不了学员的提问，我怕会有各种突发状况。

退堂鼓在心里打得很响：算了吧，还是好好写稿，别出去丢人现眼了，我本来就不擅长这种事情；算了吧，这事儿好牵扯精力，而且也拿不到多少钱；算了吧，万一我讲不好，让人笑话也让朋友难做，简直是毁了一世英名；算了吧……

想归想，但是我知道，这件事非常有必要去做，所以就算很怕，就算很担心，最后，我还是在约定的时间坐到了电脑前。

其实那是一种很简单的培训，整个过程都是用文字来互动的。但是在打下第一行字的时候，我的手指是僵硬的，我的心跳是加速的，我的双腿是颤抖的。但这个过程也不过持续了几分钟，很快，我便渐入佳境。那天的培训做得很成功，我不但完整地把课讲了下来，在问答部分，也没有让学员失望。

很自然地，后来我接到越来越多的讲课邀请。我在很多群里讲过课，培训过特别多的学员，从最初的紧张不安害怕到后来的完全放松，把培训当成了一种享受，觉得就是在和一群志同道合的朋友聊天儿，没有任何压力，没有任何负担，聊得特别开心。

很多人对我说，我特别喜欢你的课，很实用很接地气，你是我的榜样。可是她们不知道，她们的榜样，第一次做培训的时候怂到什么程度。她们不知道，只差一点点，我就与她们擦肩而过。

我第一次做语音分享的时候，其实也很紧张。我声音不好听，普通话也不标准，我习惯了在文字里快意江湖，让我用语音，我真的好排斥。所以第一次接到线上分享的邀请时，我很紧张，退堂鼓的鼓点密密麻麻，在心里打了千万遍，最后还是打出一行字给对方：可以的。

虽然害怕虽然紧张，但是我知道，我不能够退缩，我不能够把自己的阵地越缩越小，我需要去尝试很多不一样的东西。

普通话不标准没关系，我好好练；声音不好听没关系，大不了就是不能给形象加分嘛，我努力讲得好一点，说不定还能弥补一点。

于是，接下了那个邀约之后，我就开始练普通话，练发音，让好朋友给我提意见，向学播音的朋友请教。

就在这个过程中，我心里还是在不停地打退堂鼓：算了吧，我声音这么难听，万一见光死怎么办？算了吧，现在分享的人那么多，我干嘛去凑这个热闹？算了吧，万一我在问答部分磕磕绊绊，多难为情啊。算了吧……

但是都答应了，就算打退堂鼓，也不能真的退。于是我在约定的时间里，再次坐到了电脑前，拿起了手机，打开了语音。虽然换了一种形式，发现也没什么大不了，一切还是都能应付自如。

什么事情有了第一次，后面就会变得很顺利很平坦。现在无论我做分享还是在群里讲课，都习惯了用语音，虽然声音依然不好听，普通话依然不怎么标准，但至少大家听得懂，至少讲的东西是有用的。

如果第一次打退堂鼓的时候我就真的退了下来，那么现在我的简介里不会有培训讲师这一项，我会错过很多精彩，错过很多成长的机会。

包括第一次到北京参加笔会，第一次参加聚会，我都会在心里打无数次退堂鼓。害怕一个人出门不安全，害怕自己应付不了人多的场面，害怕自己会给别人留下不好的印象。我甚至给这种害怕和担忧找了一个很好的借口，认为自己有社交恐惧症。

但是我知道，有些东西我迟早要去面对，我不可能真的一辈子宅在家里。于是，虽然很害怕虽然很担忧虽然打无数次退堂鼓，最后我还是果断地买票，收拾行李，独自上路。甚至，为了不给自己反悔的机会，我会第一时间把自己的行程告诉主办方。

真的走出去以后，会发现，其实没有自己想象中的那么害怕。很多时候，我们都是被自己心中的各种担忧给吓住了。

上次有位读者给我留言，说她要去面试，特别害怕，特别担心，特别紧张，特别不想去。我给了她一些鼓励，她说，其实我知道，我必须去，只不过想倾诉一下，这样心里会好受一些。

几天后她再次给我留言，说面试已经通过了，她居然击败了那些研究生，成功得到了自己想要的职位。她说以后会更加自信，再也不害怕了。

我觉得这个读者好励志。我们都是普通人，遇到事情时，会害怕会担心会紧张，都是很正常的事。但是要记住，无论打多少次退堂鼓，都不要真的退下来。

如果你确定了那件事情是对你有益的，你确定那件事情是你想做的，那么，就带着担心，带着害怕，勇敢地往前走吧。我们必须趟过那条习惯自我否定的河，才能到达彼岸，才能成长，才会有收获，才会变得更成熟更优秀。

没有人说晚安，就自己跟自己说；没有人送早餐，就自己给自己做；没有人嘘寒问暖，就自己关注晴雨气温；没有人约，就自己计划一个充实的周末。老盯着端在手中的水反而会洒，老想着摆脱单身反而欲速则不达。怎么都不会错的事情就是努力让自己更精彩，你若盛开，清风自来。

现状是没那么容易改变的，即便是足够努力，也很难在短时间内看出效果。所以有时你认为的无法改变，也可能只是暂时没看出效果而已，而不是不够努力。改变是需漫长的努力的，而不是一时的急功近利。还是那句话，除却人类无法改变的事情，你所做的每一次努力，都在潜移默化地影响着你的人生轨迹。

你的努力都不会白费

在上篇文章中，想必大家都真切地感受到了我从小丑到大的悲伤历程，其实，要只是这样也还好，只要两耳不闻窗前事，一心只读圣贤书，把自己打造成一个超级大学霸，也可以光芒万丈，吸引万千目光。

可是，一个学霸的形成仅是靠自身努力就可以了吗？

不是的。

人生最悲伤的事莫过于上帝不但不给你美貌，连智慧都舍不得多给你一点。就让你笨鸟先飞，可是又能飞多高？

我就是这样一只小小鸟，没有漂亮的羽翼，没有聪明才智，想要飞啊飞，却怎么也飞不高。

一切努力都不会白费，一定会在不久的将来以另一种方式回馈本身

1

先讲讲小学的时候吧。

那时候成绩排名没有多重要，成绩还不错，在班里前几名，因为是外省农村学生，特别乖巧懂事，所以老师很喜欢，也经常给予关心帮助。小学给我整体的回忆就是一个欢快的童年，无忧无虑，惬意无比。

当时和同桌志趣相投，喜欢画画，写文，所以经常会参加一些绘画，手抄报，征文比赛，战绩也都不错，能拿个奖，得个小奖品。

记忆犹新的一次，是参加豪客来牛排餐厅举办的绘画比赛，当时得了二等奖，奖了一个MP4，当时可把我乐坏了。

比赛名次等级并不看重，只感受到参与其中的乐趣，自己很开心。

突然某一天，班上一个女生的话引起了我的注意。

“哎，怎么得的都是第二名第三名啊！”她和老师说笑中看着我的奖状说道。

我脑中快速回忆起了我参加过的比赛。

画画比赛有二三等奖的，手抄报比赛三等奖，校征文比赛二等奖，英语故事演讲比赛三等奖，唯一的一个一等奖是诗歌创作比赛。

是啊，我怎么得的都是第二或第三呢？为什么就得不到第一呢？

而这种情况一直持续了三年。

小学在福建省读的书，初中就回到了老家的一个县里的中学上学。初中的日子真的是很艰苦，家在大山里的一个小村子，每次回家都是跋山涉水，回来时带点换饭票的米和妈妈提前炒好的菜，可以管一两个星期的生活，有时候菜吃完了，没钱了，就买一瓶老干妈，凑合着过一周。

日子虽艰苦，但是却在学习中感受到了莫大的快乐。周末也几乎不去城里逛，总是一个人在教室里看课本，感觉特别有趣，所以乐此不疲。

这么努力，成绩当然很不错。是很优秀，但是不拔尖。成绩稳定在年级前二十，却从来也没有得过第一。

但是也没有在意太多，在身兼数职的同时，在生活与学习的双重考验下，我一直默默地努力着。

也许是上天终于注意到了我的付出，眷顾了我一次。

中考那年出了三个县第一。

我就是其中的一个。

终于摆脱了千年老二的称呼啊。可能存在一些运气，但是，不得不承认，没有多年的努力，就积累不起扎实的基础，也就不会有在考场上疾笔奋书的平稳与自信。

努力是一种习惯，是促使你保持进步的源泉。即使努力的方向不对，当及时调整过来，找到新的方向时，也会很快渐入佳境，继续向前。在奋斗的路上，潜移默化的以另一种方式影响着你，使你受益。

最怕的是连努力都不会了，这才是最悲哀的。

2

勇夫不提当年勇，再辉煌的都会成为过去，再多提起都已无多大意义，所带给你的唯一讯号就是，你是有潜力做NO.1的，只是时间问题而已。

于是带着增强不少的信心，我进入了市重点高中，本应该在重点班的我最后到了普通班（原因很复杂，暂不叙述了）。

因为想再次回到重点班，所以便更加努力。每天的时间基本都在学习上，周末也是一天到晚都在看书，从高一到高二，一年时间，我的视力就增加了100度左右，还真得“感谢”我的用功啊！

当时也一直怀着努力就会有收获的信念，学习学习还是学习，即使到后来这么努力后没能再次进入重点班，即使知道了原来是努力不一定有收获的，但是除此之外我还能做什么？不努力就一定没有收获，唯一能做的就是再次努力。

那时候压力巨大，因为大家都知道我是县状元，老师也明显的给我很多关照，并给予我厚望。但不知是高手太多，还是我太笨的原因，就是一直上不去，无论怎么努力就是考不到前面，而有些人不用很努力，却能轻轻松松甩我很远。

我惊慌失措，但无能为力。

从初中县第一，到高中年级一两百名，这种巨大落差带给我的失落无助感是很刻骨铭心的，很彷徨很害怕，一直挣扎着，看不到希望。

有一天班主任对我说："或许你是大器晚成吧！"

我知道是一种安慰，教我不要放弃。而大器晚成，这个词我却牢记在了心里。

剧情并没有按正常的电影情节发展，我虽一直奋斗着，但结果并没有令人很满意。

那年中考三个县状元，一个考上了北大，另一个考上了复旦。

而我只是上了一个普通的211大学。

虽然大器没有晚成，可我还是相信着：

坚持努力，人生最坏的结果也不过是大器晚成。

因为还没到生命终结的那一刻，就不能说自己失败，如同这些人一样：

J·K·罗琳，作家。23岁前只是个学校老师。

史泰龙，演员。24岁之前只演过成人电影。

梵高，画家。27岁之前只画过素描。

艾伦·里克曼，演员。28岁之前没接到过任何角色。

里德·霍夫曼，风险投资人，PayPal和LinkedIn联合创始人。30岁之前没开过公司。

玛莎·斯图尔特，室内设计师。35岁前没做过室内设计。

王薇薇，婚纱设计师。39岁前只是个时尚编辑。

安藤百福，方便面之父。48岁之前是卖盐的，还进过监狱。

摩斯奶奶，画家。78岁前没有画过画。

福杰·辛格，马拉松选手。89岁才开始跑马拉松，那之前他都以为马拉松只有26公里。

曾国藩26岁时，在不断考公务员，不过运气很差，科举屡次不中。

袁隆平26岁时，在湖南安江农校教书。

马化腾26岁时，在当软件工程师。

张艺谋26岁时，在陕西咸阳国棉八厂当工人。

有些人的人生就是会比别人晚开始一点，那又怎么样？

即使现在一无是处，也不要着急，或许我们是大器晚成。

最重要的事就是，找到自己所喜爱的事，沿着正确的方向走下去，上天一定不会辜负我们的。

待到大器晚成时，一定会比别人收获更多历经沧桑的坚韧与顽强，理智与成熟。

我为什么要努力？因为我对这个世界有欲望。因为别人的精彩人生，我见过。我不希望它只是我心里的一个梦。别人的故事讲给你听，味同嚼蜡，我要自己一一来过。因为在很久，说长却也不长的以后，你我都会垂垂老矣，我希望我的人生过得精彩有趣，有很多值得回味讲述的事迹供我得瑟。

为什么成功的不是你。年轻的你，迷茫又着急。你想要房子想要汽车，想要旅行想要高品质生活。你不断催促自己成长，却沉不下心来认真读一篇文章；你急切地期待成功，却每次在遇到挫折时提前退缩。既然没有过那些汗水和拼搏，又何必在旁观别人的荣耀与成功时愤愤不平呢？所以，努力吧，别抱怨。

你的侥幸心理终会害了你

上周搭哥哥的便车回家，哥哥一改往日的风趣幽默，实实在在地叹息了几声。

“发现没？你所担心的事往往会发生。”

哥哥公司有一位女同志，叫W，由于工作上的失误，造成公司直接损失了三百万。无奈之下，公司选择辞退了她。

原来，W最近忙着家里的事，一不小心疏忽了工作。上司要的结算报告，她是踩着截止日期的尾巴潦草完成的。第二天，还没来得及认真核对，就战战兢兢地交了上去。

忐忑地度过了一周时间，W一直默默祈祷交上去的数据不要出错。平时工作的时候，会突然想起，某处好像忘记了加小数点，但最后到底补充上了没有，好像又记不太清楚了。

时间久了，公司风平浪静，上司并没有找上门来，好像工作并没有出错，于是W开始沾沾自喜。看来自己的工作能力还是很强的，匆忙之间做出的数据还那样精准，可以交差。渐渐地，W找回了工作的重心，一切归于平静。她也告诫自己无数次，以后决不能再重蹈覆辙。

然而，就在她稍稍松了一口气的时候，就像约好了一样，事情还是发生了！不只是小数点的问题，数据颠三倒四，甚至错了好几处。有合作意向的公司看到这份草率的结算报告，委婉地拒绝了合作。公司损失的不只是这三百万，之前做的三个月的长期准备，和期待中的常年合作，也通通泡汤了！

向她索赔？一个月薪四千块的基层职员，绝对负担不起。斟酌利弊之后，公司下达了逐客令，她失去了安身立命的资本。

有的时候，做错一件事，就会让你饱尝错误的严重后果。

一件事情令你担心不已，说明你可能没有尽全力去做，或者并无成功的绝对把握。抱着侥幸心理祈祷它平安度过，往往不会如你所愿。

其实，在生活中，这样的事情屡见不鲜。

大学英语四六级考试，裸考的同学比比皆是，到了公布成绩的时候，忐忑不安地输入考生号，结果往往“不负所望”；期末考试，老师明明划了重点，却因为太长、太难，选择了自动屏蔽，果不其然考了这道分值高的难题，成绩出来自然也不尽如人意；等到按照成绩评奖学金的时候，又一次眼睁睁地看着机会溜走，悔不当初，却也无计可施。

总是有这类的人，好不容易得到了笔试机会，却不去做万全的准备。“考这道题吗？这么难，应该不会这么点儿背吧。”在刻苦努力的门口徘徊了一下，就与珍贵的工作机会失之交臂。

你该怨自己运气不佳，还是命该如此？恐怕都不是吧。

人们能接受的失败的原因，往往都是来自外界的阻力。最终能够追根溯源找到自身症结者，却寥寥无几。

当你交上了一份忐忑的答卷，就像坐上了一艘有洞的船。你祈求它能安全渡过，可事实上，它很大可能会沉在湖中央。

失败，会有各种各样的原因。成功，却只有一个共性，那就是努力。

大家有时候会想，为什么担心的事往往会发生呢？就像约好了似的，在某个时刻，会以不同的方式如期而至。即使你侥幸逃过一劫，那只能说撞大运了。但运气只能保佑你一时，绝不会辅佐你一世。当我们草率地做事，就别期待完美的结局。花了六十分的力气，哪可能有一百分的成绩。

怀揣侥幸心理，祈祷一百遍，结果也不会改变。如果一件事，在自己的评判标准下都捉襟见肘的话，还有什么资格指望别人能给予高级的评价？

当我们为一件事情全力以赴过，在最终接受检验的关头，就不会辗转反侧，求老天网开一面。相反地，会心安理得地等待，坦然地面对结局，无论即将到来的是风暴还是彩虹。

问心无愧，就是我们付出了一切之后，交给自己最满意的心灵答卷。与其担心一件坏事可能会发生，不如提早做好认真对待的打算。当你不得不为担心的事承担结果时，一万颗后悔药也买不回时光倒流。

人生总是充满了很多意外惊喜，但那都不是空穴来风。想要瓜，就得辛勤种瓜；想吃豆，就要努力耕耘。

多想想别人的必然，少抱怨自己的偶然。未来的你，会感激自己今天的理解和慷慨的付出。生活原来不只充满着惊心动魄的担忧，更有着踏实的小幸福。

与其羡慕别人，不如做好自己。肤浅的羡慕，无聊的攀比，笨拙的效仿，只会让自己整天活在他人的影子里面。盲目的攀比，不会带来快乐，只会带来烦恼；不会带来幸福，只会带来痛苦。我们每个人都应当认清目前的自己，找到属于自己的位置，走自己的道路，人生，越努力越幸运！

人生从来不是规划出来的，而是一步步走出来的。勇敢去做自己喜欢的事情，哪怕每天只做一点点，时间一长，我们也会看到自己的成长。不管你想要怎样的生活，你都要去努力争取。人生因为经历，所以才懂得。只有吃过生活的苦头，经历过许多的事情，再加上自己的修养和悟性，才能做到平和淡泊。

你可以不成功，但你不能不成长

健身房锻炼久了，会遇到各种有趣的朋友。不锻炼身体，随便走两步就去洗澡的大妈；运动时大喊大叫的肌肉男；特别注意形象，带浓妆健身的女生……没有见不到，只有想不到。

其中就有一位，他每次锻炼完之后立刻上秤，看自己当天锻炼的效果如何。他通常每次锻炼20分钟，称体重发现自己没减肥成功，就很痛苦，抱怨说，自己已经很努力地锻炼了，还是瘦不下来。接下来就自暴自弃地出去大吃一顿。第二天，又是短暂的锻炼、称体重，没效果，再去胡吃海塞。

这其实是浮躁的表现，常常想付出后立刻就得到回报，努力后就立刻要求获得成功。一旦得不到回报，就怨天尤人，自暴自弃。这些人总是错误地估量了成功背后的代价，总想找到成功的捷径、速成法则。

事实上，几乎每一个成功的人，都有一段沉默的努力时光，里面有艰辛的汗水，也有无数次失败时的泪水。很多人在黎明前一刻认输，只有那些能从黑暗中穿行而过的人，最后才获得真正的成功。

2011年，我决定留在北京发展时，也曾有过一段特别艰难的日子。可当时我所在的部门要求所有老师不能代课，只有坐班的工资，那点薪水对于一个北漂而言，真叫人生艰难。加上还要养妈妈和妹妹，就更加捉襟见肘，不免有“一文钱难倒英雄汉”的时候，以至于当合租的室友说要平摊电费时，我还非常生气。

虽然只是几十块钱的事儿，但我觉得自己天天早出晚归，有时在公司通宵工作，很少回家用电还让我平摊，太不公平了。那气愤之下流露出来的小气，背后所隐藏的痛苦，现在想来，其实都是源于经济上的拮据。

但经济的困顿也并没有让我变成为了生计一切向钱看的人。在困窘之中，我思考的是，要想在未来立于不败之地，我必须磨砺出一项真正属于自己的竞争力，让我因这个竞争力达到无可替代的程度。

当时我的英语水平不错，想到自己从小到大在演讲上还积攒了一些优势，就想把这二者结合起来，形成自己的核心竞争力。但是“怎么实现”是我面临的又一个问题，毕竟上课与演讲还是不同的，并且有很多的限制。

那段时间可谓冥思苦想，终于灵光一现，想起了自己很喜欢的一个脱口秀节目，主持人特喜欢用幽默的方式点评时事。如果把这些用英语课的形式来做，放在网上会有什么效果？

2011年11月，我第一次录制网络授课视频，录制的设备就是简单的DV，在家里支起一块白板就开始工作了。那一年，有个话题非常火爆，“普通青年、文艺青年和特二青年”。当时录制的想法就是告诉大家，这三个网络热词用英语怎么说。视频最后，我还用自己的照片来解释了普通的我、文艺的我、很二的我是什么样。

为了省钱省时间，我对着镜子给自己理发，没想到一剪刀下去就没了型，索性豁出去想再补一刀，结果却让发型更加难看。虽然发型怪异，身材微胖，我还是坚持录完了这期视频。

我想表达的观点是：普通青年、文艺青年和特二青年是人的三种不同状态，再牛的人也有二的时候，再二的人将来也可能有一天无比地牛，所以要学会尊重别人。

这一期节目网络点击量是5000，我根本无法想到短短两年后，我的视频点击量能超过5000万次。我当时说的那句话“一个二的人也能变成牛的人”，没想到如今可以拿自己的例子去举例，坚持的确换来了可喜的结果。两年的时间，从5000到5000万，是一个不小的进步，但这数字的背后，也是一份等价的付出与艰辛。

为了让视频剪辑师不用花太多时间剪辑，我一般会自己先把视频提前讲很多遍，直到从头到尾没有口误，这样他就可以剪辑一刀过，不用浪费他的时间。这就意味着，我在没有提词器、没有提示板的情况下，每录制5分钟的课程，练习加上做PPT一共需要10小时的准备时间。

像我这样完全不要费用，只为录课程而录制的人，少之又少。直到现在都有人认为这是我们部门的项目，因为有课时费我才能坚持录下去。但其实，到目前为止我都没有因为这个节目直接拿到课时费。我做这个的目的很简单：录好了，大家愿意看，很开心；录不好，多录几次，不管怎样都是对自己能力的提升。

《红楼梦》里说，“世事洞明皆学问”，任何事情都有学问可讲。学问能用中文去讲，也能用英文去讲，既然大家用中文讲过那么多，为什么不能用英文讲呢？所以，我的视频里有男同学喜欢的《玩游戏学英语》，也有女生感兴趣的《看韩剧学英语》。

后来，我继续不断探索、发展新的形式，比如邀请一些牛人来到我的节目中，讲一些他们可分享的经验，邀请一些看过节目的人参与视频录制，通过来节目里演讲，给自己一个锻炼口语的机会。这些探索，都收到了很好的效果。

如果当时我因为工作繁忙放弃了这个节目，如果当时的我因为没有任何报酬而放弃这个节目，我想，我就不是今天的我了。

任何人做一件事，不能只是为了眼前短期的利益而付出，一个人只有学会了不求短期利益回报，才有可能在长期成功的路上走得更远。对我来说，这是打开成功之门的钥匙，有了这把钥匙，我还会打开无数扇的门。

人生的意义，如果仅在于成功，得到的快乐并不会多，因为成功就像烟火，只是一瞬间，更多的时候，夜空黑暗。一个人可以不成功，但他不可以不成长。总有比成功更重要的事。

你把性格交给星座，把努力交给鸡汤，把运气交给锦鲤。然后对自己说：听过许多道理，依然过不好这一生。那么，活该你过不好。

努力不一定会带来改变，但可能是一个让你变得“好一点”的机会，虽然有时看着那些比你聪明还比你优秀的人确实会觉得不公平，但笨一点没关系，慢一点也无所谓，反正每前进一点就甩掉了几个比你不行的人，前方有路，身后有人，能吃能睡，至少还活着，就都有可能。

哪怕无路可走也要死磕到底

昨天和H聊天，她开心地说，我们住进新房子啦。特意拍照给我看，书房的照片墙里有我们大学宿舍的合照，窗台上一排绿植在明媚阳光下仍然青翠好看。

大学时，H的床铺在我的对面。她不止一次地跟我说，我一定要在毕业后两年之内让我爸妈住上新房子。

我一直以为她只是说说而已，因为那时候哈尔滨的房价就已经很高了，刚入职普通本科毕业生的工资对于首付来说，简直是杯水车薪吧。

没想到两年后，她竟真的完成了自己的承诺。

H的父亲在她初中时得了脑梗死瘫痪在床，花了很多钱治疗，她母亲没有工作，原本便是低保户的家境更加雪上加霜。父亲刚生病时，她有一个星期没去上学，回去之后发现班主任召集全班同学给她捐了款。

正好隔天开家长会，H上台发言，说了很多个谢谢，然后把那些钱全都退了回去，我不知道当时年仅15岁的她说了些什么话，只知她说完之后台下很多大人落了泪。

H说，从那之后她没再花过父母的钱。她从重点中学转学到了普通中学，因为那所学校不仅不收她学费还给了挺高的奖学金。上大学她申请了助学贷款，并且无时无刻不在打工。从每小时30元的家教到自己做各种各样的小生意。

当然了，做这些也没耽误她当学生会副主席，是全院600多个学生人人钦佩的“厉害的人”。她简直做任何事都任劳任怨，毕业前夕院里办毕业晚会，她熬了好几个通宵剪接视频，一点一点地做字幕，视频播放时那么多人感动流泪，她也坐在台下安静地看，但知道她辛劳的却没几个人，她也不会说。

我和她住在一起这么久，眼看着她过得如此拼命和辛苦，却没听过她一句怨言。她只是偶尔会说，其实我也羡慕你们能无忧无虑地长大啊，但是没办法，我有责任。

所以她大学四年，不仅没向父母要过一分钱生活费，还每年过年交给他们几千块。

工作之后在房地产公司上班，每逢开盘便加班累到团团转。为了早点攒够钱买房子，她跟我描述的生活是“一分钱掰成三半花”。如今她的工资应该已经挺高了，但仍然穿最朴素最便宜的衣服，仍然攒钱给爸妈买最好的东西。

一次，我们小聚，我讲起我最喜欢的电影《百万美元宝贝》里的一段。热爱拳击的女主角拿到了艰苦比赛的高额奖金，没有给自己买任何礼物，而是给妈妈买了新房子。没想到站在开阔明亮的新客厅里，她妈妈环视四周，气急败坏地说，你知不知道有了房子我就拿不到政府的低保补助了！她拿着钥匙的手颤抖了几下，原本期待欣喜的表情从黯淡褪变成绝望。

我跟H说，我看这一段的时候总是想起你，当然了，后半段不符合。H大笑，后半段也符合，有了新房子我们家现在也拿不到低保补助了，除非我从户口本上独立出去，因为房产证是我的名字啊哈哈。

她一定不知道，在我苍白贫瘠的生活背后，因为她，因为她爽朗的笑声和弱小但蕴藏着巨大能量的背影，我竟凭空多了不知多少勇气。

在《我比谁都相信努力奋斗的意义》那篇日记中，我写了自己的另一个大学舍友，和H一样又坚强又磊落。实际上，我还有好几个舍友，一个是家产过亿但低调谦逊、又美丽又温柔、大扫除时抢着刷厕所的富二代姑娘，一个是春夏秋冬四季都每天五点半起床或锻炼或学习、在院队连续三年获得校女篮冠军的勤奋小姐，还有一个是自学日语一年通过了二级、在上海过得金光闪闪的灿烂女孩。而在我如今的研究生女同学里，有人是一站到底某一期的站神，有人拿到了第一年年薪便20万的offer有人开了自己的公司，有人25岁便博士毕业。

没有名校光环，没有倾城容貌，也没有只手遮天的父亲。唯一的那个富二代姑娘也从不任性炫耀，为了出国拼命咬牙复习GRE和TOEFL丢失爱情时眼泪一颗一颗砸在他的短信上，同样的苦痛难堪。她们在自己选择的道路上踽踽独行，一步一步前往那个最想去的终点。在如此芸芸众生中，她们都是那么普通的人，但却用尽全力活出了最好的自己。

我在她们身边度过了成年之后最重要的时光。看着她们实习时起早贪黑、在寒冬大雪的公交车站下瑟瑟发抖；看着她们写论文时殚精竭虑、在浩如烟海的文献中一步一步攀爬；看着她们工作后兢兢业业，在偌大的城市里找到微弱但温暖的光芒。

我不喜欢那次聚餐，几个同事评论某行女客户经理“付出了很多”终于成为了支行副行长。

一派烟雾缭绕中，他们读书时的意气风发一点点消失殆尽，目光炯炯也被难以掩饰的啤酒肚代替。他们讪笑着，交换着怀疑和嘲弄的眼神说，不知“多”到什么程度。而只有我悲哀地在心底发出感叹，不管传言是真是假，为何男生破格晋升掌声一片，而女生便要承受流言蜚语和质疑指责。

相比起来，我更欣赏身边的这些女孩们对校园对职场对生活的态度。她们在“剩女”被津津乐道的世界里坚持着宁缺毋滥的法则，毕业经年仍然保持着清澈的眼眸；她们在女博士被称为“第三性”的时代里守护着做学问的纯良，对枯燥无味没有尽头的学术生活保持着最初的热情。

她们似乎天生具备一种独特的韧性，在荆棘遍地的大环境里既不呼天抢地也不故步自封，积极适应着种种残酷的法则，然后在孤独又狭窄的夹缝里倔强地成长着，直至幼弱的蓓蕾终于绽放出幽芳的香气。

我也不喜欢一个老气横秋的同学每每带着怨气絮叨：“这个世界坏掉了……”

相比起来，我更喜欢陈文茜郑重其事的坦言：“在我成长的岁月中，日子不是一天比一天匮乏，反倒是一天比一天有希望，这是我们那一代人的幸福。”

她并非盲目蔽塞，她只是看到在这片广袤的土地上，“忧患与安逸，悲剧与欢乐，永远并存。”

前几天看书，财经作者吴晓波面对一名大学生对于大学教育的失望与不满，他说：“办法其实只有两个，一是逃离，坚决地逃离；二是抗争，妥协地抗争。”

他讲了自己在复旦大学读新闻系时，将数千篇新闻稿件肢解分析，一点点学习新闻写作的方法。因为老师说知识每一秒钟都在日新月异，所以他将自己关进图书馆，然后一排一排地读书。从一楼读到二楼，再从二楼读到三楼，最后读到珍本库。

如今他说：“当我走上社会成为一名职业记者的时候，我一点儿也不抱怨我所受的大学教育。到今天，我同样不抱怨我所在的喧嚣时代。我知道我逃无可逃，只能跟自己死磕。”

而我也愿意相信，无论酷暑隆冬，无论受难与否，日日都是好日。在我们至短至暂的生命里，希望并非聊胜于无的东西。它是所有生活的庸饶日常。改用廖一梅在《恋爱的犀牛》中的一段话。它是温暖的手套，冰冷的啤酒，带着阳光味道的衬衫。它支撑着我们日复一日的梦想。让如此平凡甚至平庸的我们，升到朴素生活的上空，飞向一种更辉煌和壮丽的人生。

既然逃无可逃，就一起死磕到底。

我想，总会有一条路能带我们走向最想去的地方吧。

人生就是一场没有终点的比赛，输了一场的美国是铜牌，输了两场的塞尔维亚是银牌。输了三场的中国是冠军。输不可怕，只要肯努力不放弃，成功机会永远都存在！

CHAPTER

04

耐心等待

时间不会亏欠你

这些年我一直提醒自己一件事情，千万不要自己感动自己。大部分人看似的努力，不过是愚蠢导致的。什么熬夜看书到天亮，连续几天只睡几小时，多久没放假了，如果这些东西也值得夸耀，那么富士康流水线上任何一个人都比你努力多了。人难免天生有自怜的情绪，唯有时刻保持清醒，才能看清真正的价值在哪里。

别再自欺欺人了，去努力吧

真没想到，上大学时我们系的那些帅哥靓女，在多年后的同学聚会上都已物是人非，反倒是我们班那位最胖的女孩姗姗瘦身成功，看上去独领风骚，娇艳可人。

姗姗上大学时得有一百八十斤吧！对，就是那么夸张。

我记得一次学校组织体检，每当一个个女孩轻盈地跳上体重秤，体育老师就会愉快地报个数字，基本没有超过一百斤的！

轮到姗姗时，我们全部屏住了呼吸，因为她的体重向来是个秘密，我们都很想知道她到底多重。

姗姗缓慢而笨拙地走上了体重秤，自卑地闭上了眼睛，体育老师笑着说："九十公斤！"

我们都忍不住大笑起来。

姗姗飞快地跑了出去，一直往操场外面跑去。我们这才意识到自己错了，也赶紧去追她。没承想，姗姗一下子摔倒在了操场的门口，我们又忍不住笑起来。年轻的我们，那时太自以为是，哪里会顾及一个胖女孩的自尊心。

毕业后，大家都顺利地签了工作，唯独姗姗一直没有勇气去面试，她好像一直在逃避去工作这件事，于是，她顺理成章地去考研了。

那时，她为自己设定的目标是北京的一所名校，但她的成绩并不好，所以，班导师开玩笑地说："这不是去做炮灰的节奏嘛！"

我们哄然大笑，姗姗低着头，没有说话。

事实上，姗姗第一年果然没有考上，但我们隐约觉得她好像瘦了一些。那时，我们都工作一年了，很多女生都开始学着打扮自己，唯独姗姗一年全力考研，没有上班，所以大学同学聚会时，姗姗只和大家打了一个照面就回去学习了。我们那时最喜欢玩《真心话大冒险》的游戏，最关心哪里可以淘到有特色的衣服，哪里的蔬菜、水果更为物美价廉，而继续学习、努力看书，真的离我们很遥远了，远到我们根本不愿去提及。

姗姗考研太霸气了，她这一考就考了三年，不过庆幸的是，她最终还是考上了北京的那所名校。待她去读研究生时，我们惊奇地发现，她瘦了许多，最重要的是，姗姗变得自信了。当我们纷纷问到她的体重时，她自黑道："现在已经不足一百六十斤了，革命尚未成功，同志仍须努力。"

我们都笑了，笑得很开心，觉得姗姗变得乐观了许多。

再见姗姗时，已是毕业七年时，她整整瘦掉了一个女孩的体重，变成了一个不足百斤的美女。我们围着姗姗，看她穿着得体的套装、精致的高跟鞋，怎么也无法把她和体育场上那个笨拙到跌倒在地的女孩联系在一起。

于是，我们立刻围坐成团，要听这个励志的故事。

姗姗说，她很胖的时候，内心深处的感觉就是害怕，她不敢出门买衣服，不敢出门相亲，不敢吃高热量食物，不敢出去旅行。她就是莫名恐惧，这一切都是因为自己太肥胖。没办法，她只好把自己关在屋里看书，背英文单词，复习考研。最初准备的时候，多半是有些逃避的感觉，并没有想过真的要考上。后来，她发现自己逐渐进入了努力学习的状态，如果一天不看书，不学英语，她就会害怕，觉得自己快被淘汰了。

为了顺利地瘦下来，她做过很多极端的减肥项目，比如，针灸、节食、瑜伽，等等。无奈，姗姗的肥胖基因太强大了，她的家人几乎都是胖子，所以每当看到她在那里自我折磨还依然没有起色时，她那同样肥胖至极的妈妈就会跑过来安慰："姗姗，在妈妈心中，你瘦得像一根芦苇一样。别减了，我心疼。”

“您老人家见过这么肥胖的芦苇吗？我必须得减下来，这不是减肥，这是挑战自我。”

为了更好地瘦下来，她开始把学习和运动结合在一起，她一边跑步一边听英文，这一个坚持，就是七年。

七年下来，公园的路需要跑多少步、跑多久，她都了如指掌。她跑在路上，从气喘吁吁到健步如飞，从像个大浣熊到如猴子飞跃，公园看大门的那位大叔每次看见她，都会鼓掌，以表敬佩。她也会莞尔一笑，以表感谢。

她研究生毕业后，不仅瘦身成功，英语也说得特别好。之后，她居然成功地应聘上了国际记者。

姗姗的减肥经历太逆袭了，我们不由得摸了摸自己的将军肚和肥肉，当场发誓要加入她跑步的行列，也要减肥。

姗姗当场把服务员叫来，让他拿走了我们所有的饮料：“从此以后，你们就不能再喝含糖的饮料，和我一样只喝白开水吧！”

刚刚还信誓旦旦的我们顿时没了底气。还没有开始跑步，只是简单地没收了咖啡与果汁，就已经让我们惊慌失措。于是，大家纷纷退步，表示胖下去也没什么，还有一个违心的家伙颤抖着双下巴，说自己根本就不胖，挺享受现在的状态。

姗姗潇洒地站了起来，把白开水一饮而尽：“你们几个继续，我去约会了！”

那一刻，我突然想起刚刚大学毕业时的她，她是那么害羞，总是不敢站在公众场合，不敢高声说话，不敢谈恋爱。现在的她截然不同，那种自信淡定，气定神闲，让人着迷。

我们都在感慨，也许人的美丽也是有阶段性的。但前提是你勇于改变自己，愿意为成为更好的自己而努力。而且这个努力的过程你也不知道有多久，就像走在茫茫黑暗中，就像跑在晨雾中，你也不知道前方何时会亮起一盏灯，但你必须跑下去。

所谓勇于改变、挑战自我，其实就是摆脱自己所熟悉的“心理舒适区。”

心理学家将人类对外部世界的认识形象地以海水为例，分为三个区域：岸边、浅水区和深水区。而岸边这个区域，就是人们的“心理舒适区”。

假如你是一个不会游泳的人，一定是感觉待在“岸边”的舒适区最安全，而每往前一步，你心里的恐慌和不安就会增加一分，因此，很多人都宁可待在岸边的舒适区。沉溺在“心理舒适区”的人也许是不满现状，想换工作又不敢的员工；也许渴望爱情，却又死宅在家的单身汪；也许就是不满自己的身材，想减肥却又不能像姗姗一样努力的我们。

每当有人问我坚持努力真的那么重要吗？

我都会想到姗姗的经历。如果坚持努力不那么重要，也许她会和我们一样，毕业后就工作，忽视自己的体重，变成办公室那枚不起眼的胖子。如果坚持努力不那么重要，她也许不会一个人待在家里准备考研，一考就是三年。

在她考研的那三年时光，很多同学都已成为公司的老员工，早已在熟悉的工作环境中放松警惕，变得有些麻木。差距就是这样形成的，你依然固步不前，你早已放松警惕；别人还在努力，还在奔跑。因为，舒适的岸边并不是一成不变的，海水有涨潮的时候，舒适区很有可能被淹没。就像如果我们不提升自己，舒适区也将越来越小。最终，原本是舒适区的地方会消失，站在原地的你，也会被恐慌和不安所困扰。

我们每个人都前赴后继在改变自己的道路上，并不是七年之后，你就可以成为另一个更完美的自己，而是你一直坚持成为更优秀的自己，并为之努力，你才会成为自己想成为的模样。

出发前，请我们每日三省吾身，扪心自问，你真的瘦吗？帅吗？美吗？富吗？假如沉默，还是请默默地努力，并丢掉那可怜的自欺欺人吧！

只要足够努力、足够优秀，上天总会回馈你更多的惊喜和意外。时间都是不多的，但只要我们能牢牢抓住该抓紧的时间，还是能做很多事情的。所谓的没时间，只不过是我们用来推脱的借口。你不是没有时间，你是懒！

不要在本该奋斗的年纪选择了安逸，只有度过了一段连自己都被感动的日子，才会遇见那个最好的自己，未来的你，一定会感谢现在拼命努力的自己。永远相信，越努力，越幸运，所有失去的，都会以另一种方式归来，踏实一些，你想要的，岁月统统都会给你。

不随便放弃，好好走过这段没有皇冠的路

小黎又跳槽了。这次是一家业内颇有名气的公司，听说每年的营业额大得吓人。而小黎为了这份新工作付出的代价是：从最底层做起。

其实我觉得，小黎原来的工作也没什么不好，虽然说工资稍微低了一点，但是胜在工作轻松，薪水稳定，还有五险一金这种像我这样的“无业游民”享受不到的高级待遇。

但小黎是一个不容易满足的人，换工作之前，我能从她那儿听到最多的，是她对工作的抱怨与不满：工作内容太简单，枯燥乏味，没有任何挑战性；或者领导尸位素餐，不如把位子让给有能力的人来坐。

初到新公司的小黎，对生活的信心达到了一个新的高度。每天勤勤恳恳地完成着以前她最看不上的、枯燥乏味的工作，从不迟到早退，对上级尊敬有加——只为了吃到当初面试时，面试官给她画的那张大饼：成为白富美，赢取高富帅，走上人生巅峰。

可是生活不可能一帆风顺，就在小黎觉得她与梦想越来越近的时候，总经理女儿空降办公室，连声招呼也不打，就占据了那个小黎一直在努力争取的位置。

那天晚上，我被小黎叫出去，在烟雾缭绕的路边摊陪她撸串。这姑娘喝了一瓶啤酒，舌头都捋不直了，可还是坚持不懈地跟我吐槽她们公司，她们经理，还有她们经理的女儿。

说着说着她就哭了，啤酒瓶子被她摔在地上，骨碌碌转了两圈，连个裂纹都没有。

“你看看，连酒瓶子都跟我对着干！这日子没法过了！”

我看到了，这就是生活，不过才毕业几年，就把当初系里的温柔一枝花变成了如今的样子——一点儿也不温柔，甚至有点泼妇。

我还记得，小黎曾经骄傲地跟我说，她换了新的座右铭——别低头，皇冠会掉；别流泪，坏人会笑。

可这句话给我的第一感觉是，有点幼稚。但我没敢说，怕她为了让我赞同她的想法而在我耳边喋喋不休。

这个有梦想的傻姑娘不知道，世界上，不是谁都有那么一顶皇冠的。

你不得不承认，有些人生下来就含着金汤匙，泡在蜜罐子里长大，到了一定的年纪，又会有人让他们“加冕称王”。他们能达到的高度，或者说他们的起始高度，是很多人努力一生也无法达到的。

而有些人，则是赤条条地来到这世界，没人在前面为他们披荆斩棘，他们有的只是自己。赤手空拳，一招一式走天下。他们也会为自己打磨冠冕，金银铜铁，不一而足。战战兢兢地戴上时，有多害怕失去，好像是偷来的荣誉。他们对自己没有底气。

那次撸串后不久，小黎又一次联系我，跟我说，她找了份新工作。

我不知道这世上究竟有多少人，像小黎一样，口口声声说着“欲戴王冠，必承其重”，可在面对困难时，却只剩下一味地退让和软弱，哦，还有逃避。

世界这么大，哪里没有些不公平的待遇呢；世界这么小，你逃得了今天，逃得过明天吗？

其实你自己也知道，什么随遇而安，什么不屑为伍，都不过是你不敢面对现实而找的借口。就像你明明还没有皇冠，却偏偏要故作清高地昂着头。别假装了，你屈服了，认怂了。那么除了这仅剩的自欺欺人，你还有什么呢？

说到底，真正有底气的人，根本不会在意自己的头上是不是有那么一顶冠冕。他们冷静睿智无所畏惧，是命运也愿意垂青的人。如果最后他们真的得到了冠冕，也是经历了岁月的沉淀、世事的洗礼后，才能得到的生活的嘉奖。

真正属于你的皇冠，无论你在风雨中挣扎多久，都不会褪色，只会历久弥新；且不管你低头与否，它都不会掉落。因为它身上有你的印记，坚强、勇敢、不轻易放弃，像你胸膛里那颗年轻却坚韧的心，哪怕遭遇了太多苦难，也没想过逃开，始终有昂扬的姿态。

在有资格得到它之前，请以安静傲然的姿态，认真地过每一天。不轻易悲喜，不随便放弃，好好走过这段没有皇冠的路。

碰到一点压力就觉得不堪重负，碰到一点不确定性就把前途描摹成暗淡无光，碰到一点不开心就把它搞得似乎是这辈子最黑暗的时候，大概都只是为不想努力而退缩找的最拙劣的借口。做该做的事，走该走的路，让这一年结束的时候，多些收获，少些遗憾！

努力了就值得满意。人生终究不是理想的化身，虽然，我们也曾辛勤耕耘，但总有一些东西我们一生都不可能得到。我们与其一厢情愿地追逐那海市蜃楼般的梦幻，倒不如踏踏实实地收获身边的每一份真实。请记住的是：人，这一辈子，能做的事情不多，无论做什么，只要努力了，都是值得满意的。

付出不一定有回报，但回报前一定有付出

1

由于互联网的深度传播，我们不仅知道了历史上许多耳熟能详的名字原来是真的如此NB，也发现了即便是在当代人中间，也有不少人牛到了令我们仰望都看不到的高度。

突然发现，牛人越来越多。而且不断冒出来一些NB的人，都让我们感觉到从精神到智力上的被碾压！

当然，也有一些之前由于信息不对称造成的牛人，在微博微信和各类社会化媒体上被我们发现真想：这些人原来不过如

此。之前我们认为声名赫赫的人，当真正了解后可能感觉不过尔尔；甚至之前被包装很好的人现在却被揭露的体无完肤，让人生出“哦，原来是个渣！”的感叹！

互联网让骗子被发现的几率极大提高，也让真正NB的人被了解、认可的渠道增加很多。

2

这次不说那些骗子，说说真正NB的人。

相信在屠呦呦获诺贝尔奖之前，真正知道屠并了解她的贡献的人寥寥无几。这可以归于科学或者她研究的领域与大家较远。文学应该算大众的艺术，但莫言在获诺贝尔文学奖之前，也是大部分人不知道、不了解甚而没听说过！

除了这样的牛人，在各个领域都有类似的人物。由于某个机缘，这些人被人熟知，普通人的感觉是这个人怎么“突然”就横空出世，一出来就很牛B的样子。

真正突然横空出世的牛B人物，八成是骗子。你看看那些机场的经济学家和培训大师们，他们大都是横空出世的，但这些人的背景和经历大都语焉不详。

而如果你深入了解一下，那些真正称得上牛的人物，真正在一个领域有所成就的专家和大师们，没有一个是突然开始NB

起来的！

只不过他们被普通人认识之前的事情，你不晓得而已。

3

看过《西游记》的小孩基本上都想成为孙悟空，尤其是大闹天宫的时候，上天入地好不痛快，让各路神仙都一筹莫展。但孙悟空怎么这么厉害呢？只有一集里面提到了师傅上课时翘头三下，聪明的孙悟空半夜去找老师就教会了七十二般变化和筋斗云。这当然是艺术的表达。

你要是看《西游记》原文就发现，孙悟空其实也有一段不短的学艺过程。

“猴王参访仙道，无缘得遇。在南瞻部洲，串长城，游小县，不觉八九年余。”

从东胜神洲的花果山水帘洞，到南瞻部洲，花了八九年的时间，又漂流了西洋大海才到了西牛贺洲，遇见贵人樵夫，经樵夫指路，才拜灵台方寸山斜月三星洞的须菩提祖师为师。在师须菩提祖师哪里，刚开始他也就是一个普通的学徒，跟着师兄弟们参禅打坐外加上课下课，这个过程有七八年。直到有一天因在课堂不遵守纪律，被老师问到想学什么，才说出自己的志向，被秘密教授筋斗云和七十二般变化，到他最后被赶出师门，又是三年，合计起来大约十一二年的时间。

从现在观点来看，孙悟空的天赋远超常人，即便这样好的基础，也得从学徒工干起，历经超过十年以上的时间才能真正有所收获。

4

在任何领域，如果想要有所成就，都需要超越极限的学习，都需要孜孜矻矻的探索，都需要殚精竭虑的思考，都需要无数次失败和成功的实践，没有人可以超越学习、实践和思考成为一个真正的高手。只不过我们只看到了高手的结果，而这个过程不被人所见而已。

在学校读书的时候，人们需要学习的范围是确定的，内容有教科书和参考资料，也有明确的教师，教育机构也都有自己的培养目标。但学校是培养不出专家的，无论任何层级的教育都是仅仅提供了入门的、基础的知识和训练，所以你不能说博士就是专家，最多是他们离专家更近一些。

从学校出来后，学习范围没有人告诉你、内容也没有人替你明确、教师没有，当然更没有培养的目标。这个时候去确定这些内容的职责落到你自己的头上，可悲的是有的人一辈子也不知道自己想干什么、该干什么、如何去干。

幸运的人们，找到了自己的兴趣或者使命后，全神贯注地去储备自己的能力、通过实践锻炼自己的技能和思维，经过多年的积累终于在自己的领域内占到了高峰。这个能量储备的过程，类似于传统时代的学徒工：任何一个牛B的人，都有一个学徒工的阶段。你追求的目标越高，这个阶段的苦难越大过程越长，但没有人能摆脱这样的阶段。

那些没有经历这个阶段而“突然”牛B的人（更多的是炒作或者包装）就是骗子，那些有了这个阶段而又被大众熟知的人就是我们看到的各个领域的大师和专家。

5

在学徒阶段，需要大量的学习，也需要更多的实践。但我们大部分人的努力程度，都太低太低了！

六神磊磊考证的鲁迅“平均每月要用25块八角钱买书，至少相当于我们现在人民币2500元。而他一个月的收入里八分之一都用来买书了。”而这些书都是什么样的书呢？

“有《全唐诗话》八册，《水经注汇校》十六册，《寒山诗集》一册，《樊南文集补编》四册，《功顺堂丛书》二十四册，另外还有贯休画十六应真像石刻十六枚。”

他还从兄弟那里搞书。这个月，他搞到了《卢那画传》一册，

《有形美术要义》,《茶店闲话》,还有日语的《小供画册》等等。

这还不包括他只看不买的书。比如正月18号,他还跑到琉璃厂去蹭书看,看到一套从清朝学部偷出来的书,每卷要五十金,觉得太贵了,鲁迅爷爷很鸡贼,"看毕还之"。

看到鲁迅读书的节奏,让有才的六神都产出了幻灭感"1913年他32岁,和我今年一样。32岁时候,我的学问固然远远不如他,但更可怕的是,翻翻他的书账,我就知道自己越往后学问会越不如他。本已很渺小的自己将越来越渺小。"

6

再看看王小波!

有人认为王小波去世后就突然红了,在知乎上甚至有一个帖子是在讨论王小波的计算机、软件开发能力的。但王小波是突然红的吗?之前王的兴趣很广,但当他的兴趣聚焦到文学上时,他也并非依赖天赋上来就写出锦绣文章,也并非突然某天就牛B起来的。

王小波写过一篇文章叫《我的师承》,里面写到"现在我明白,后一位先生准是东北人,他的译诗带有二人转的调子,和查先生的译诗相比,高下立判。那一年我十五岁,就懂得了什么样的文字才能叫做好。"

“到了将近四十岁时，我读到了王道乾先生译的《情人》，又知道了小说可以达到什么样的文字境界。道乾先生曾是诗人，后来做了翻译家，文字功夫炉火纯青。他一生坎坷，晚年的译笔沉痛之极。请听听《情人》开头的一段”

可悲的是，我也将近四十岁，也看过《情人》，但却没看出“文字功夫炉火纯青”，我们连什么是好什么事坏都分不出来！

还有好事者总结了王小波提到的他阅读过的外国文学的书籍，卡尔维诺《未来千年备忘录》、《我们的祖先》、《看不见的城市》、缪塞《提香的儿子》、君特·格拉斯《铁皮鼓》等等数百本，而且不是为装B的人那样仅仅“读过书名”，而是每一本他都边看边思考，既看表达上的巧妙，也研究构思上的得失，有借鉴也有批判。

7

写出《许三观卖血记》《活着》《兄弟》等作品的知名作者余华原来是一名牙医，20世纪80年代的牙医没有现在的牙医这么多金，他就想找一份舒服的工作，于是就到文化馆去写小说。

“一开始时，我连标点符号都不会用。根本不知道如何写，所以就先从短篇小说学习，那个过程很艰难。”

这样基础的余华能成为知名作家，当然离不开他那个时代的背景：20世纪80年代是文学的黄金年代，许多文学杂志的版面填不满，所以他有机会发表自己的小说。但也离不开他的努力：

“坐在书桌前，我脑子里什么内容都没有，但一直逼着自己往下写。我发现写作会让一个人变得自信，我第一部作品写得很差，但有几句话写得很好。第二部好像开始有故事了，然后再写第三部，就发表了。”

他认为要成为作家“要让你的屁股和椅子建立起深刻的友谊来，要坚持坐下来。”这句话其实类似于今天大家常说的：妓女不能等有了性欲才接客，作家不能等有了灵感才写作。

用对话推动情节，对人物进行心理描写等都是一名小说作家的基本功，但余华却发现自己不会这些基本的技能，怎么办？为了练习这些技能，他也是很拼的：

看了威廉·福克纳一篇小说，故事是一个穷人把富人杀了，作家用了近一页纸去描写他刚杀完人后，他的女儿如何看他。作家用杀人者的眼睛去看，把杀人者的心态表现得非常到位。

我后来又翻出了《罪与罚》，重读了小说中的人物拉斯科尔尼科夫把老太太杀死后那种惊恐的状态。文中没有一句心理描写，全是他惊恐不安的动作。刚躺下突然跳起来，感觉袖口有血迹。没有，又躺下，又跳起来……

8

麻省理工学院教授卡尼格尔(R.Kanigel)1991年写过一本《知无涯者:拉马努金传》,记录的是被誉为"印度之子"的数学天才拉马努金(SrinivasaRamanujan)。这位出生于1887年的数学天才没有受过正规的高等教育,全靠自学成才,家乡是穷乡僻壤,而且他出身的家庭穷得叮当响。

这位从未接受过正规数学训练的人却是一名不折不扣的数学天才,具有惊人的数学直觉,在他短短的一生中(32岁)却独立发现了几千个数学公式和命题。近些年还有专家认为,他临终前发现的一个函数可以被用来解释宇宙黑洞的部分奥秘。但令人吃惊的是,当他首次提出这种函数时,人们还不知道黑洞是什么。

在印度,他和圣雄甘地(M.Gandhi)、诗人泰戈尔(R.Tagore)等人一道,称作"印度之子"。在1962年拉马努金诞辰75周年之际,印度发行了一套纪念他的邮票。1975年印度成立了"拉马努金学会",1986年开始出版会刊。到1987年即拉马努金诞辰100周年之际,印度已拍摄了3部有关他生平的电影。2000年,《时代》周刊选出了100位20世纪最具影响力的人物,其中就有拉马努金,并称赞他是一千年来印度最伟大的数学家。

但这样的天才是不是就生下来就这么牛B?有一天一个老

朋友遇到他，就对他说："人们称赞你有数学的天才！"拉马努金听了笑道："天才？你看看我的臂肘吧！"他的臂肘的皮肤显得又黑又厚。他解释他日夜在石板上计算，用破布来擦掉石板上的字太花时间了，他每几分钟就用肘直接擦石板的字。朋友问他既然要作这么多计算为什么不用纸来写。拉马努金说他连吃饭都成问题，哪里有钱去买纸来算题呢！

被誉为数学诺贝尔奖的菲尔兹奖要求获奖者必须是40岁以下的青年才俊，但研究者发现一个趋势：近些年大部分获奖者都快40岁了。

为啥？

原因无他，即便是数学领域的天才们，要想真正的做出创新性的成果，面对数学这种很长历史积淀的学科，前人积累的东西太多太多了，即便是天才，要达到他的细分领域的前沿的话，对前人成果的学习吸收都需要很长时间，他们也要一个较长的积蓄能量的过程。

9

无论多高的学历，当你从学校走到实践中的时候，都有一个重新开始的过程。学校更多是单纯的获取知识，而实践则是将知识与现实的需求和问题结合起来。这个时候你会发现原来学的知识其实不包括场景的知识，即在什么情况下用这些知识的知识，你也会发现你还欠缺许多领域的在实践中需要的知识内容。换句话说，每个人都要有一个学徒期，要有一个积蓄能量的过程。这个时间长短不一，但谁都无法超越，譬如孙悟空就花费了十一二年的时间。

没有人能超越这个过程，你需要静下心来去基于需求、实践和问题进行大量的学习和练习，从理论的知识到实践的知识是再一次的飞跃，你需要经过数年时间（一万小时理论说是十年，实践中可能要远远长于这个时间）的实践、积累、观察、思考，这个过程中亦需要真正的高手指点，还有就是各种急难险重任务的机会历练，才能真正将一个领域做到得心应手！

但我们许多人太着急了，可能刚刚入门就认为自己已然是高手的感觉。这也符合心理学里面说的，高级新手最容易自满，因为这个时候他还不知道前面有多长的路要走，而后面却已经走了很多。

10

大部分人都希望有所成就，而且希望有大的成就，都羡慕那些牛的人，希望自己在某一天能够突然牛起来。但这个世界上哪有突然牛的事情啊？

只想要结果而不愿意承受过程：希望在看美剧、见同学、泡咖啡馆和吹牛的同时，就能积蓄大量的能量，这基本上不可能。同样是星期六，你可以读书，也可以聚会扯淡，到周一的时候也没有人能开出这两者的区别，你的老板也不会为你读的哪些书给你涨工资。甚至没有人知道你读过哪些书，但长期来看，你的付出和努力的回报惊人。

在“如何成为专家”的讲座中我分享了一个“遍历”的图片，就是建议将你领域的内容全部看一遍，这个遍历包括了时间维度上该领域的过去和将来发生的事情，还包括本领域内的基础理论、案例、各种代表性专家及他们的观点，也包括了相关领域的情况。要真正能做到遍历，没有十年八年的功夫，根本是不可能的。

有因才有果，付出不一定有回报，但回报前一定有付出。在你积蓄能量的时候，在你的学徒期内，静下心来，将一个点一个点的事情搞清楚，将需要的技能练到不需思考游刃有余。这个根系越发达，你将来的高度越高。

在外人眼里，某一天你也会“突然”牛B起来！

人生本过客，何必千千结。想拥有就去努力，努力过后就不在乎结果。成功是付出的收获，失败也是正常的历练。所有功名利禄实际是一场云烟，真正拥有的是自己的心情。好心态，决定好人生。

遭遇了人间最大的不幸,能够解决一切困难的前提是——活着。只有活着,才有希望。无论多么痛苦、多么悲伤,只要能够努力地活下去,一切都会好起来。

美好之前的不堪,注定是我们人生必然伴随的滋味

前些日子,我买了些“爱心香蕉”,一来便宜,二来可以帮助那些辛苦的农民,便又多了些道义感。

香蕉取回来才发现,摘得早了,还没有成熟。在办公室里放了两天以后,丝毫看不出变化。有同事说,要买一些熟香蕉和它们放在一起,会熟得快。想想觉得有理,香蕉们在一起,大抵也会交谈的。

我便买了些熟香蕉,放在那几挂香蕉上。可是,又等了两天,熟香蕉表面已经变黑,“爱心香蕉”却仍旧不为所动。大约是性格不合,谈判失效。

同事查阅了资料,终于找到方法。将所有的香蕉装入两个纸箱里,并盖了厚厚的一层报纸,上面又搭了一块密不透风的

布。两天以后打开来发现，最上面的一部分香蕉熟了。

成熟的香蕉表皮发黄，根部微黑，失去了青涩时的好模样。像一个孕育过孩子的女人，面色泛着黄油脂，青春不再。但成熟的香蕉确实是好吃的，剥开来，甜，色泽也好，入口的感觉像一段轻音乐，抒情，能形成我们对事物的好印象。

然而，没有成熟的香蕉还在下面。便又捂好了箱子，像是答应香蕉要保守一个秘密。

看着那些没有成熟的香蕉堆在一起的感觉，突然觉得，世间的事，大多如香蕉一般，从青涩到成熟的过程，是如此不堪。

曾采访过一个知名偶像派歌手。采访他的时候，他尚租住在北京郊区，名声刚给他带来福利，尚没有让他彻底摆脱贫穷。

他在地下室住了九年，在夜店唱歌，在地铁走廊里唱歌，在夜市大排档唱歌，在公园里唱歌，在别人婚宴或生日宴会上唱歌……最穷的时候，他连坐地铁的钱都没有，买几个馒头，路过卖烤红薯的推车，说上些好话，借着人家的炭火将馒头烤热了，吃上四个馒头，然后步行近二十公里回到住处。

谈到屈辱史，他笑了笑，说，若没有理想，就没有屈辱，我被理想害了多年，好在上天没有抛弃我，不然，惨不堪言。他的手被琴弦割破过多次，声带坏过多次，被女友抛弃过多次。生活由一天又一天琐碎的时光组成，尊严只是伴随物，饥饿时，尊严自然被闲置起来。我能理解他对过往的叹息和长时间无助的沉默。

我采访他之前，他刚刚接受了央视的采访，并且节目在央视播出了。他租住的房子没有卫生间，大便要去公共卫生间，他说，旁边蹲下来一个人，侧脸看他，说，你不是那谁谁谁吗？

这就是他的现实。他最后说，如果有一天，我住到自己的房子里，我第一件事情是大哭一场。

看着他安静的脸，我想：这是要祭奠他曾经不堪的青春吗，还是将人生的页面翻过，重新书写？

成熟总是意味着经历时间的打磨，比如经冬的麦子，经过季节的变化、温度的起伏，才终于灌浆饱满，成为供养我们的粮食。成熟也意味着经过世间所有高温，或承受涅槃般的煎熬，或默默躲进蒸笼，才成为食物。

成熟也和人的身体相关，欲望与抑制，激情与持久。成熟意味着一个人内心渐次平和，不再因细小的诱惑而放弃追逐的目标，不再为即将到来的惩罚而逃避责任。

成熟意味着融化个体，不再独立于他人之外；成熟意味着褪去了虚伪，不再为证明自己而活得疲倦；成熟意味着已经拥有，所以不必和他人争抢利益；成熟还意味着懂得放下，因为人生的行程有限，不可能全部的景点都走一遍。

成熟自然是稳重而得体的现实描述，它像一壶陈年的普洱，初看时汤色混浊，细品却甘怡润心。一杯熟普洱，可以安心静气。茶本来也是青涩的叶片，是时间用慢火将一个生涩的茶饼暖热，这样，饮一杯熟普洱，我们仿佛和一段旧光阴在对话，我们会瞬间进入安静，觉得平淡也是欢喜。

日常生活的逻辑，我们总是以为那些光鲜而耀眼的人，从未遇到生活的窘迫。其实，哪一个人没有经历过如香蕉一样的青涩时光呢？

那些不为人知的努力，那些浸满了汗水和泪水的辛酸，正像被捂在箱子里的香蕉一样，在成熟之前，在味道变得美好之前，沉默无助，承受时光的黑暗，或者理想的破败。

美好是一个相对较晚到来的词语，它值得我们为之付出。而美好之前的不堪，注定是我们人生必然伴随的滋味。

人生的旅途，做让你开心的事，不要拿别人的标准来衡量折磨自己，每个人都有他自己的人生轨迹，努力了就好！遇到别人不公正的评论，只要不伤及到你个人的尊严，那就让他说去吧！

CHAPTER

04

生活没有你想象的那么可怕，它尊重才华，也尊重努力，不管你选择怎样的道路，都别犹豫着老想折回。

那些不曾放弃的努力，一定会成就你

在奔三这件事儿上，有些人总是显得格外在意。虽然我们一再提倡，不必拿年龄来说事儿，重要的是要有年轻的心，要放宽心胸，要懂得保养。可是，身体机能的逐步下降，熬夜再也不能任性而为之，出门要化妆的脸，无时无刻不在提醒着你，随着年龄渐长，确实没有了二十来岁时候的激情和热情。

这一点，在止步不前还是要坚持之间显得格外明显。重要的是，很多人在这样的岁月静好里，屈从于现实的妥协，对很多从前热爱痴迷的事情，变得敷衍起来。仿佛现世安稳便是人生所求，积极主动地再如上学时代一般追求自己想要的事情就遥不可及。那些曾经想要做的事，就都散了吧，谁要过得那么累呢？

闺蜜说，她觉得累一点挺好的。

作为一个职场妈妈，孩子一周岁之前，她的生活基本处于

"在路上"的状态。

她是母乳喂养的忠实拥护者，九点去公司，十一点半匆忙驱车回家喂孩子，下午1点半又赶回公司工作。实在脱不开身的时候，让保姆或者家人将孩子抱来公司。最后，甚至用上了挤奶器，贮存一部分母乳在冰箱里。

疲惫成了生活的常态，甚至连婆婆都看不下去，劝她说：不如就戒掉母乳吧，反正一周岁也差不多了，来回跑太辛苦，看你都累成什么样了。母亲也来做说客：辞职在家看孩子吧，又不缺你这点钱花，差不多就得了。

闺蜜说，还没累到那个地步。她就这样坚持了两年。两年之后，孩子戒掉母乳，她再不必总是奔走于路上，终于可以安心地上一天完整的班儿，她自己都觉得松了一口气。

原以为她从此过上了王子与公主般恬静安然的生活，可以好好地做个贤妻良母，谁想到，好久不见，再会面的时候，她的档期竟比从前排得更满。

她在职场的位置已然是管理层，手下有四五个姑娘、两三位男士，她走路腰板挺直干练有加，高跟鞋走在路上掷地有声。文可做方案写报告开会连轴转，武能左手抱孩子右手拎十几斤的水果蔬菜走两公里。在此之外，她还加盟了一个品牌服装的连锁，入驻商场女装楼层最显眼的位置，成为真正的老板娘。

这个女子，完成了家庭与职场之间的平衡，并在其中寻求了一条可持续发展的道路。一路荆棘，却走得津津有味，最终豁然开朗。

当她有更多新鲜话题可以与儿子畅聊，而不是止于对孩子的唠叨和责怪；当她以身作则被儿子称赞漂亮优雅，而不是穿着拖鞋和没有熨平的外套出门；当她与先生去欧洲旅行，夜晚喝点红酒、聊聊投资，而不是只说东家长李家短的时候，她会觉得不能放弃，自己还可以再坚持，生活还可以过得更好，还可以按照自己想要的模样再次开花，以执着，以热情。

在她奋斗的过程中，历经众人的白眼和不支持，也一度因为得不到理解并纠结是否应该选择安稳一点的日子而哭泣。只是黎明到来之前，她又再次下定决心，誓将温柔的磨练进行到底。

每个人，都会有无数次想要放弃的时刻。但没有波澜，就代表着没有好奇与发现，生活就少了很多乐趣。

合作伙伴中有个女人，典型的天不怕地不怕作风。前不久生了二胎，我去看她，从我进门到我离开，她一直在接电话。一个躺在床上坐月子的女人，没办法出门，只好远程遥控。我劝她把生意交给公司的人去做，交给老公去做，自己这么拼，累不累啊？

她笑道，一些大的客户必须要亲自对接的，没办法，确实挺累，做梦都在签合同，也想过要不就不做这些生意了，反正在坐月子，丢几单也没什么。但是下一秒就又想，不做可不行啊，孩子的奶粉、纸尿裤、安全座椅……都得花钱。

这不，孩子才刚满月，她就跑去外地出差了。

一个女性朋友减肥，她的体重用她自己的话来说就是已经算得上滚圆。她誓言一定要瘦下去，每晚坚持夜跑并睡前做二十分钟平板支撑，结果第二天就会与我们诉苦，不想坚持了，太累。

可是一想到商场里看上却穿不上的裙子，一想起自己照镜子的时候嫌弃自己，便决定再试试，说不定哪一天，运动见成效。

真正的生活应该是细水长流，没有人可以一下子从贫穷变成百万富翁，都是经历了千疮百孔。你看有人光鲜亮丽、风头正劲，可能在TA的背后，正在经历需要熬一熬的寒冬。

你也一样。等一切水到渠成的时候，你大概都不曾想到，原来你也可以如此强大。那些坚持终会值得，那些不曾放弃的努力，一定会成就你。不是没想过放弃，就觉得还能再坚持。

我们拼命学习，我们努力看书充实自己，无数个夜晚复习背诵，都是为了一个个美好的以后打好基础，现在辛苦一点也值得。倘若现在放弃，不止前功尽弃也为了不让自己后悔，免得到时候不甘心处处抱怨。等我们结束这场考试，约定好，一起去旅游，一起看最美的风景，一起过我们想要的生活！

CHAPTER
04

莫畏惧压力，它可以垫高你的人生；别躲避忙碌，它可以燃烧你的雄心；勿拒绝寒冷，它可以积蓄你的能量；忌一味惬意，这往往是挫败的开始；防眷念诱惑，这常常是堕落的前奏。许多时刻的成长，靠的不仅仅是时间，而是勤奋与努力；那些虚度的光阴，熄灭的是梦想之火，拼凑的是支离破碎的命运。

你的不断尝试和努力会让你成为更好的自己

1

最近，同事兔子的心情很跌宕。一问才知道，又到考研季了。

兔子的男朋友已经备考三次了，三次不过还在坚持考，这是第四次。兔子因为深爱男友，竟然也就陪考了几次。

起初我以为她说的陪考，也就是在男友复习的时候，安静地呆在一边，看书或看电影，不发出声响，给他一个良好的学习环境；他看书累了休息的时候，陪他去吃好吃的，玩耍放松，如此而已。

可后来才知道，她说的陪考是报名和男友一起参加考试。因为他压力太大了，想要有个人和他一起，有个支撑和陪伴，在他学习的时候，别人也不能放松，要和他一起背英语单词，学习专业知识。

有一天，兔子顶着黑眼圈来上班，朝我们哭诉："我现在整宿都睡不好，一看书就想睡，可真的躺在床上了，我又睡不着。"这是典型的压力过大而导致的焦虑。

"我好怕他这次还考不过，怎么办？他都考三次了，我知道他的心理压力非常大，如果再考不过，我真的好担心他会崩溃。"

"他为什么一定要考研呢？"另一个同事忍不住问，"搞得两个人压力都这么大，多痛苦啊。"

"他非常崇拜那个专业的老师，就是想考那个老师的研究生，这大概是他的梦想吧。"兔子替他解释。

"可都考了三次了，如果今年不过，难道还要继续考？那要考到什么时候是个头？"同事问。兔子不说话。

2

兔子男友的这番举动让我想起"不撞南墙不回头"这个词来，那种执着到有点执拗的坚持，有时，我其实并不认可。

很多事，不是非要撞倒南墙才回头的。太在乎一件事的成败得失，原本是开心快乐的付出和努力，也会转变成一种自我怀疑和折磨，把初心的期待，生生熬成了功利。就像兔子的男友，一开始，他是真的因为热爱那个专业，想考那个老师的研究生，可考着考着，就把考试当成了一种通关游戏，只有考上了，才对得起付出的时间与努力，才是对自己的认可。

也很能理解，兔子男友考研前三次其实离分数线都只差那么一点，就一点点，不再试试的确会不甘心。但有没有想过？有时不是能力问题，而是心境和心态的问题。

“这次再不过，暂时先别再想考研这件事了，不如工作一两年，换个思路和目标，去接触更多人，扩展一下眼界，权当放松放松了。如果之后还想考，那就再继续考咯；若是不想考了，也就放下那份执着了。怎么样都是好的。”我建议道。

成败得失不在于一时一地，一条路走不通，就没必要强逼着自己继续走，莫不如换一条路走走看，正所谓条条大路通罗马。不急于这一时一刻的成败，让自己去到更大的环境，去多历练，没准儿会发现更多有趣的路。

3

有一天，收到读者咸鱼的微信。咸鱼大四了，她说自己也在准备考研，可是从倒计时100天开始，她就无比焦虑。她的话里有几句我印象深刻，她说：

“为什么别人既可以有一手好牌，又能出好它，过得顺风顺水。可我大四，考研注定失败，拿一手烂牌，我该怎么办？我突然不知道自己存在的意义，对比别人，我有一种一辈子也追不上的感觉。”

面对失败的时候，我们都曾这样质疑过自己吧。

我转而又想起白天在读者群里，看到有读者抱怨自己的学校不好。我特别想把曾看到的一句话送给他们：一只站在树上的鸟儿，从来不会害怕树枝断裂，因为它相信的不是树枝，而是自己的翅膀。

很多时候，与其羡慕别人顺风顺水，抱怨自己周遭险恶，不如在成长的路上不断努力。只有让自己强大起来，才能获得最大的安全感。

当然，有时我们必须承认，真的存在运气这回事。有的人相貌好、出身好、人缘好，他们的运气的确让人艳羡。可是，运气终究不能跟真才实学相比啊。没有一辈子的好运气，真的竞争起来，有能力、有才干才是王道。

在迷茫的时候，在人生低谷的时候，在拼了命想做好一件事最后却做砸了的时候，我也大哭过，咒骂老天为什么对我不公？但很快，心态就放平了。

是啊，不如就承认自己运气差一点吧，但不急这一时片刻，好运还在后面呢。咬紧牙关挺过去，失败了就重来，做得不好就重做，一种方法不对就换一种思路继续努力，总之不能被打趴下啊。就像打游戏，通不了关的时候，就练技能，技能上去了，自然就能通关了。

4

有些时候，别人先拿到好牌，先尝到了人生的甜头，走在你的前面，你以为那都是他的运气。可哪里有那么多天生好运呢？多少人含着金汤勺出生，最后还不是因为自己不努力，长大后依然只是一个“富二代”头衔的附庸。

那些你以为一直好运的人，其实在你看不到的时候，都是真的在努力，越努力才越幸运。

有人说，总觉得自己碰不到美好的人和事。其实，并不是老天爷故意整你，可能是因为你自己还不够好，他们暂时都躲着你。

当你足够厉害的时候，原先那些难题就不再是难题，那些刁难你的人也不再有刁难你的资本；当你能轻松搞定很多人和事的时候，世界就会变得顺遂起来。

也曾遇到一个较真儿的读者，他问：“是不是每个人只要努力，最后一定都会成为很厉害的人？”

哦，那可真未必。

看过了很多人的成败得失，也经历过工作上的跌宕起伏，那些成长最后让我懂得一件事：也许我们最后都未必会成为一个多么厉害的人。可是，我们要成为自己喜欢的那种人啊，做自己喜欢的事情，依旧有勇气有热情，还有好奇心，不断去尝试去体验。世界无穷尽，人生还长着呢。

你会发现，努力的意义，并不仅仅是为了金钱和名誉，最重要的是，它让你认清自己，让你看见原来自己还有这样的一面——可以跨越重重的荆棘，可以爆发出巨大的潜能，可以没有听从命运的安排，也成为了这么好的人。

这个世界唯一不变的就是变化，任何事情，想到了就要去做，永远不要去等待和拖延。人生的路谁也无法重走，今天，虽不是最好，但正是可以努力的地方。时间是变化的，关键在于把握当下。

你都不去努力，就别抱怨自己一直很穷

1

有个读者给我留言说，他觉得自己很穷，非常自卑。别人都已经换了最新一代的iPhone，他只能用几百的国产手机；别人开车上班，他只能挤公交，还要规划一条不用转车的路线，避免多花一块钱；别人每个假期都可以坐飞机出去旅游，而他只能逛逛附近的免费公园；别人父母都给准备好了房子，恋爱之后随时能结婚，而他连个首付都付不起。

他发来很多条信息，到最后，他说，感觉自己都不配在这社会立足，好难过。

我问他：你今年多大了？他说：22岁，刚毕业。

22岁是一个什么样的概念？我第一个反应就是年轻，朝气

蓬勃，有干劲儿。在这样一个春光大好的年纪，渐渐褪去校园的稚嫩，迎接工作上和社会中的挑战，向着自己的目标和理想一步步靠近，朝着曾经想要的一切努力奋斗，这样的年纪应该是积极的、向上的、充满希望的，不是吗?

人生的旅程才刚刚开始，一切都是充满希望的啊。此刻的贫穷，能说明什么呢? 前方是未知的，是来得及改变的，只要你努力。

于是，我回复他说，年轻时候的贫穷不算什么，重要的是，你不能一直穷下去。

2

前不久，我同事小何失恋了。小何与男朋友X相恋四年。小何说，这些年她一直是抱着结婚的目标去的，没想到最后曲终人散。我们感到惋惜，小何却觉得早点分手也好，免得将来后悔。

其实，小何并没有她自己评价的那样狠心。在我们的认知中，她很爱她的男朋友，她只是厌倦了看不到未来的日子。

X就职于一家消费品公司，做销售员。销售这个职位，做得好其实是很挣钱的，可是X在同一家公司做了四年，没买房子，没买车子，甚至没有存款。小何跟我们提起这些的时候，笑容是很苦的。

她说，她并不是嫌他穷，她最初与他谈恋爱就知道没钱，她们租房子住了四年，她是为了爱情的。可别人不知道，她却知道，这四年，X无半点上进心。

X的上班时间很自由，只要与客户有约，填个外出单子，就能随时走。但他很少出去发掘新客户，他固定维持着原来的几个客户的订货销量，这些销量恰好够公司规定的每年要完成的任务，多一点都是没有的。

完成任务可以让X年终的时候多拿到几万的提成，再加上每个月的固定工资，还算可以。然而，X的酒肉朋友甚多，今天这个组局，明天那个开party，X周末从不加班，为此失去订单也不在意。

小何与男朋友各自经济独立，她劝过男朋友无数次，想想以后，现在多赚点钱，多奋斗一些，往后的日子会轻松一些。可是X并不听，X的生活固定在吃喝玩乐和享受之间，不再往前一步。

甚至于，有一次X的父亲生病住院，需要一大笔钱，X自己能拿出手的居然只有一万元不到，剩下的，小何用自己的储蓄，又找朋友借了些，总算帮他凑够了。

小何以为，经一事长一智，这下X应该知道奋斗的意义了。没曾想，X只是感动一时，这件事之后，仍然是月光族，仍然坐在办公位上玩游戏而不去开拓新客户。

小何想了很久，终于提出分手。小何说："我不是嫌贫爱富，也从不拜金，我只是在他身上看不到斗志和希望。我不介意他没有钱，不介意他家徒四壁，可是他不能一辈子这样下去啊。我不介意他年轻的时候穷，我介意他不曾改变，一直穷下去，将来该怎么办？"

3

她愿意陪你吃苦，愿意舍弃高级餐厅省钱跟你吃街边的麻辣烫，愿意不买商场里的品牌名款而去网上选择几十块钱的衣衫，愿意跟你住在租来的屋子里面对简陋的床和斑驳的墙，她是为了爱情，可是你不懂，这份爱，最初是带着期待的。

她想和你为了前途奋斗，想把租房过渡到拥有自己的房子，想不再穿夜市上淘来的穿几天就变形的T恤，想和你过有钱、有时间、有希望的日子。

如果你自己都不为了未来努力，怎么有资格说要跟你分手的女孩子是因为你没钱？她不是嫌弃你没钱，她是嫌弃你没钱还不好好努力。

年轻的时候，穷是正常的，甚至都不用你给自己找借口，别人都能主动理解你宽慰你：没关系啊，来日方长。

可是年长之后呢？你上要赡养父母，下要养家养孩子，你还要一直继续穷下去吗？

4

年轻，是最好的时光，有时间，有激情，只要你肯付出，机会非常多，就看你能否抓得住，能否好好利用自己的时间。

不能拼爹，不能拼家庭条件，那就靠自己。晚睡的时间，去网上听听专业的视频课程；早晨不要睡到太阳晒进来了，早点起床想想一天的工作计划；想办法拓展下新客户新业务，想办法在工作之中学东西，在工作之外找机遇。

你暂时不能换新款手机，但你将来要有随时换新款手机且眼睛都不眨的能力；你可以为了环保、为了停车不方便、为了简单而乘坐公交地铁，但是你也要努力去挣得随时能买车作为代步工具的能力；你可以享受在家做饭吃饭的温馨，但当爱人说哪个同事发现了好吃的法国菜，你可以毫不犹豫地订下位子给她一个惊喜；你可以暂时花着父母的钱，但你要去努力让你的父母在刷卡买东西的时候不那么心疼，因为他们知道你有这个能力。

我们学习和工作，都是为了更好的生活，无论物质方面的，还是精神方面的。年轻的时候可以容忍自己的贫穷，但你要做的，是努力让自己不要一直穷下去。

假若你的生活不够好，不够努力，那么，加油努力吧，不要抱怨，起而行，迎头赶上，方是正途。假若你已经拥有很多，却依然活得不快乐，那么，让自己慢下来，多安排一些时间回归心灵，回归生活，才是幸福之径。

忘记你所失去的，珍惜你所拥有的，未来的命运会怎样，全在于今天的努力。谁都不能苛责一个努力的生命。不管是怎样的人生，只要自己尽了最大的努力，就该无怨无悔，就无须“假如”。

你所亏欠的终有一天会要连本带利地还回来

1

我在偏僻的农村长大，出发去县城高中读书的那一天，母亲告诉我：这是你唯一改变命运的机会。

到了县城花花绿绿的世界，作为来自农村家庭、条件很差的我，总是感觉自己低人一等。我知道要改变自己的自卑心理，只有通过努力读书来找回自信。

刚刚进入高中时，我自己仿佛打了鸡血一般，每天早上赶紧吃完早餐，第一个冲到教室，中午不休息，晚自习也是很晚才离开教室。那时候，课桌被我刻意堆满一大摞书，像是“围城”一样，我把头埋在“围城”里面学习，不管外面的世界发生了什么。

可是尽管这样，我的成绩还是很差，经常在中下游徘徊。老师和我说："没事，你已经很努力了，只是运气不好而已。"当时的我也是这样觉得：我已经很努力了，只是命运不公而已。

后来一个新的学期，班上来了一位新的生物老师，讲课生动活泼，上的课程内容是我非常感兴趣的。课上，我会用心思考问题；课后，我会带着问题去找答案。生物课我并没有像别的课程那样花很多心思，只是跟着老师走，多思考了一下。后来，我竟然考了全班第一，还拿了生物竞赛三等奖。

直到那一刻，我才知道，我之前只是一直在假装努力而已。我很早跑到教室，可是，我根本没有清醒，课文和英语单词虽然背过念过，却总是记不住。

别人在用心背书的时候，我总是在想着我怎么背不上，怎么这么难背，想着其他无关的事情。上课的时候也是这样，老师在上面讲课，我在下面低头写作业干着其他的事情。我每天拼命学习，心里想着我不能对不起父母，我要在学习上超过别人，却很少真正思考和学习有关的事情。

假装努力从而感动自己是非常可怕的，有时候它甚至比不努力还要可怕，因为它让别人连去唤醒你、启发你的机会都没有！

2

海是之前和我一起合租房子的室友，他同时运转着四个公司，忙得一个人几乎要掰成四个人用。

每天晚上，我是10点左右睡，他是12点多才到家。有一次半夜醒来，看他还没有回来，我打电话给他，他说他正在开会，要凌晨3点钟才回家。刚刚认识那会儿，这么努力的一个人，真是把我给震撼到了。

有一天晚上刚好路过他公司楼下，于是我打电话给他，他正在加班，要我去他公司坐坐。我跑到他公司，发现他正在打电脑游戏。原来，他每天那么忙的真相是：不管有事没事，一定要熬那么晚才回家。

我开他玩笑，说："大老板，同时开四个公司，钞票大把大把地赚噢！"

他却唉声叹气，面露难色说："唉，穷苦人一个，四个公司都是鸡肋，每年都要亏钱，放弃又舍不得。"

后来，他因为资金有限，不得不关闭了其中三个公司，就集中精力经营一个公司。熬了半年后，那个公司慢慢扭亏为盈，年底居然还给每个员工都发了不菲的年终奖。

3

假装努力却没有收获，就好比：每个人家里都有一块地，地里埋着很多萝卜让我们挖。别人都是掘地十米去挖萝卜，但是有的人只掘了一米，就把萝卜硬生生给扯出来了。别人继续挖的时候，他就转而去挖别的萝卜去了。

后来，他挖了一大堆萝卜，地上满是坑，而别人只挖出来几个。于是，他因为自己努力挖萝卜而感动得泪流满面，却没有发现，别人的萝卜都是完整的，而他的萝卜全部是一大半截断在地里。更惨的是，别人的坑有十米，经过几年的发展后已经俨然变成了一口口井，可以源源不断地从里面汲取水分，而他的坑都太浅了，就只是一堆坑而已。

你每天晚上读一下世界名著，看起来很努力，可是你一边读书一边刷微博、微信，看进去的章节马上就忘记了，于是你读了和没读没有啥区别。

你每天早上去公园跑步，看起来很努力，可是没多久后你就感觉呼吸困难，跑到你刚刚消耗完能量还没有开始燃烧脂肪时就不跑了，于是你每天跑步却没有减掉多少脂肪。

你每天在公司熬夜加班，看起来很努力，可是你每天都是无限次地重复这些程序，从来没有想过去改良这些程序，于是十几年后你还在重复这些程序，没有得到任何改变和提升。

真正的努力，不是比谁把自己虐得更惨，不是比谁花的时间更多，也不是比谁能进行更多的项目，而是找到合适的方法，抛下杂念，全身心地投入去做一件事情，多思考，多总结。

骗别人很容易，骗自己更容易，但是要骗这个世界真的有点难，因为你所亏欠的终有一天会要连本带利地还回来。

人生在世，较什么劲呢？公交车上被人挡了，推人一下就没必要，说声借过就是。看不惯无伤大雅的事，指指点点就没必要，沉默就是。工作上掌握点小权，借此刁难就没必要，按章办事就是。过得好了，贬低别人就没必要，安心享受就是。过得不好了，过分悲观和狂热都没必要，冷静下来再努力就是。

所谓运气，不过是机会碰巧遇到了你的努力。如若不然，就算天上真的会掉馅饼，砸在从不努力的人头上，徒增的也无非是头疼罢了。每个人都是自己命运的建筑师，自己的命运永远掌握在自己的手里。说到底，所有你认为的那些“命好”，分明是他人拼尽全力之后的苦尽甘来。

我才不是什么好运，还不是全凭坚持和努力

几经辗转，终于联系上初中时最好的朋友。

二十年过去了，如今，她和爱人经营着一家红红火火的工厂，老家有房有车，还在城里买了楼。每年，他们夫妻二人都会带着一儿一女出去旅游几次。这么富足、美满而又幸福的生活，简直羡慕坏了一众旁人。

朋友人长得不漂亮，文化不高，原本家庭条件也不好，能够过上如此幸福的生活，真是上天的恩赐。于是，提起她来，人们啧啧嘴，感叹最多的话便是：“命好啊！”

真的是命好吗？

只记得那年初中毕业，为了给哥哥攒钱娶媳妇，在父亲冷漠的眼神里，学习一向优秀的她哭着把书包换成行囊开始了漫长的打工生涯。从此，我们便失去了联系。

现在，我终于知道了她的故事——在工厂里，她干的是车床工，负责车螺丝，不仅累，还脏。她每天围着脏兮兮的破围裙，浑身溅满了油迹，车床一开，火星子到处飞。这些火星子落在哪，哪就会被烫起水泡，那些没有衣服遮挡的皮肉上，密密麻麻布满了伤痕。

她早出晚归，一天能赚上十几块钱，三四个月开一次工资，都悉数交给父亲。十八九岁的大姑娘，正是爱美的年龄，可她连件像样的衣服都没有。

赶上父亲高兴，会从她的工资里拿出三十、五十给她当零花钱。可一向节俭的她哪里舍得花，这些钱都用来买了书看，为此还被父亲骂过多次，说女孩子读书没用，嫌她乱花钱。

几年后，她结了婚，夫家日子过得紧巴。孩子六七个月的时候，她让男人种了两亩甜瓜。这样，男人打工赚钱，她一边看孩子一边管瓜。

间苗、掐尖、对花授粉，炎热的夏季，背着沉重的药桶子一遍一遍地打农药。甜瓜长势好啊，一个个水灵灵的，她带着儿子在瓜窝棚里守了一个夏天，幼小的儿子光溜溜的身上总是渗着汗水，被蚊虫不知道叮咬了多少包。

可是，天不遂人愿，快要成熟的季节，接连的暴雨摧毁了她几个月辛劳的果实。她抱着儿子，守着一地烂掉的甜瓜失声痛哭。

屋漏偏逢连阴雨。爱人打了一年的工，黑心的老板工资不给发。要了多少次之后，顶账给回来一批过季的衣服。于是，在那个冬天，她便成了一个“生意人”。每天骑着一辆“大铁驴”，后座一侧挂了个大筐，里面塞满了衣服，到处去赶集卖。北方的冬天，天寒地冻，路面结了冰，她常常推着车子“啪”就是一个跟头，疼得坐在地上，半天起不来。那个冬天，她卖完了那些衣服，换回了爱人三分之一数额的工资。

给别人打工太不容易，于是，他们自己做起了收废品的生意。

年轻人都嫌脏，没人干，他们不怕，挨家挨户去收废品。当别人在空调屋子里享受着凉风时，他们骑着三轮车冒着火辣辣的太阳奔波在路上。那一年，她黑瘦黑瘦的，隔着层层衣服，背部还是晒掉了一层皮。

好在，收废品生意让他们攒下了一笔钱。这笔钱成了他们后来的启动资金，两人又做起了玻璃生意。

开始的时候根本雇不起人，她像男人一样，整天搬着大箱的货物装车卸车，天不亮就和爱人开着车去给人家送货。渐渐地生意走上了正轨，渐渐地风生水起，终于在这一行里有了他们的立足之地。

好日子来了，她终于不用像以前那样风餐露宿，不用再节衣缩食。二十年磨一剑，是她的不认输，让她一次一次超越自己；是她的不放弃，让她经风经雨见到彩虹；是她的拼搏与努力，让她改写了生命的结局，有了令人羡慕的人生。

有多少人生，是因为好命？有多少人生，是因为拼搏？

想当年，我的大学同学，一毕业就被招聘到一家著名企业。有多少人托关系走后门都不一定进得来，一个农村孩子能够进入这样的单位，除了“命好”俩字，简直没有别的词语可以形容他的幸运。

然而，真正进了单位却不是他想的那样从此鲜衣怒马，过上令人羡慕的朝九晚五的生活。他被分配到“业务经理”的岗位，其实就是销售员。一上班，主任扔给他一张地图、一辆旧自行车，上市场，跑客户。客户跑下来，还要自己去送货，搬搬扛扛，都是他一个人干。

靠山：某某科长的儿媳妇，某某局长的外甥女，某某主任的侄子……只有他一个外来户，一无靠山，二无背景。

他发现，这些背靠大树的人们，可以吊儿郎当，照样能够领到一份比自己高的薪水。有了加班的工作，他们不愿意干，推给他；有了费脑子的工作，他们懒得想，推给他；有了出门培训的工作，他们怕学了回来增加负担，也推给他。

这是他想要的工作吗？不是！

他不生气吗？生气！

可是没有办法，他知道，能够找到一份像样的工作，进入一家像样的单位有多难。

那几年，他拼命地跑销售，拼命地学习，一句怨言不说地加班加点。那几年，他成长飞速。很多工作，只有他才能轻松处理，很多客户只愿意听他的召唤。

他的才华得到了领导的赏识。在一大批“皇亲国戚”中，他脱颖而出，被选上了部门主任。

很多人不服气，找到领导兴师问罪，都灰头土脸地退了回来。是的，他们只想接受部门主任的头衔，却没有能力接受部门主任的工作。

如今，十几年过去了。三十几岁的他，已经成了当初他所在的那家企业的一把手，在他的管理下，单位工作业绩年年拔节。年轻有为，意气风发，到哪里都是一片赞扬声。

“真是命好啊！”好多人瞅着他的背影，都会生发出如此的感叹！

真的是命好吗？

别人只看到了他叱咤风云的光鲜，谁又看到他顶风冒雨跑销售的艰难，谁又看到他在孤灯下加班到深夜，谁又看到他为搞好企业不辞辛苦到处去求人取经？

所谓运气，不过是机会碰巧遇到了你的努力。如若不然，就算天上真的会掉馅饼，砸在从不努力的人头上，徒增的也无非是头疼罢了。

对于命运的变化无常，我们总是慨叹太多。发不了财的、升不了官的，都埋怨命运不好。然而，仔细想想吧，过失是不是在于你自己？

每个人都是自己命运的建筑师，自己的命运永远掌握在自己的手里。说到底，所有你认为的那些命好，分明是他人拼尽全力之后的苦尽甘来。

人生也许不尽完美，正因为不完美，我们才需要不断地努力创造努力奋斗。时间就是生命，所以我们必须珍惜宝贵的生命，执着地守候生命中每一个必经的十字路口。

CHAPTER

04

任何的收获不是巧合，而是每天的努力与坚持得来的。人生因有梦想，而充满动力，不怕你每天迈一小步，只怕你停滞不前；不怕你每天做一点事，只怕你无所事事。坚持，是生命的一种毅力！执行，是努力的一种坚持！

我的努力让我的得到不至于是高攀

1

前几天，在一个公共群里，遇到了位作者，先前读过他的一些文章，深感敬佩。同样是斜杠青年，他能坚持一日更新好几篇文，逻辑清晰、干货满满，同时还参加各类宣讲领读活动，短短时间写下了几十万字，并出了书。

我激动地加了他的微信，顺利通过好友验证后，本想好好请教一番，但发了两个问题过去，对方却迟迟没有回应。

起初，以为他太忙，没有看到消息，可直到见他连发数条朋友圈后，我蓦地明白，他只是不愿回复我而已。

也许对他而言，我只是一个仰慕他的普通读者，层次不同，资源不对等，交谈便没有太大的必要。

过去，有人问我，为什么自己的圈子总是不如其他人高大上？

我想，大概就是我们自己太过平凡，才会艳羡那类明明想要跻身进去，却又进不去的阶层。

我们希望向上攀登，与更高层次的人结交，殊不知，当我们没有足够的实力时，即使给了我们与强者相识的机会，也很难真正跨入那个圈子，要么是别人不肯接纳，要么是我们无力驾驭。

2

两年前，朋友豆包，向一位姑娘告白，不幸被拒，他没放弃，又坚持了很久，可结果依旧如初。

豆包很沮丧，为什么自己付出那么多，姑娘一点都不动心。

我说："你有对比过你俩的情况吗？你的学历一般，工作虽然稳定，但每个月也就四五千的收入，扣去房租能剩下多少？而女孩海外读了研，在一家上市企业，年薪至少十几万，又是本地人，你们悬殊这么大，人家凭什么看上你？"

豆包有些不满："谁说都要看条件，难道就不能有真爱吗？"

我说："真爱，向来讲究的是势均力敌、你情我愿，真正喜欢一个人，就一定要努力活成配得上她的模样。"

后来，豆包很少与我联系，我原以为他生气了，直至年初，再见到时，他整个人瘦了一圈，五官更显分明，眼神也不再像往日那般颓丧。我才知道，他利用业余时间，去筹资，去盘店，与朋友合伙开起了主题餐厅，生意如火如荼。

他说："小初，你当时的那些话，就像当头棒喝，我清楚，自己配不上喜欢的姑娘，只是因为我可怜的自尊心，不愿意承认罢了。"

两年多来，豆包跑了许多城市，做市场分析，开发客户，原本的工作非但没有落下，还晋升了一级，空闲的时候，他会拉着女孩去试菜，自己也开始尝试不同的料理，为女孩准备便当。

我们玩笑说，豆包简直完成了屌丝到暖男的逆袭。也许，当你拼命想要把自己塑造得更好时，生活也会渐渐变得更好。

豆包和女孩订婚了，在求婚时，他说："我只想变成配得上你的模样。"

我们想要舒适安逸，总会有无数理由说服自己平庸一生，想要变好，同样也会有无数办法应对艰难，不过是你愿不愿意去做而已。

3

以前，我也喜欢过一个男孩，暗恋了很久，偷偷写了很多信，但总没有勇气寄出去。有次，我假装无意间问起："你喜欢什么样的女孩啊？"他告诉我："和自己差不多就行吧。"

那时的他，长得高瘦，笑起来很阳光，成绩总是年段前几，而我却截然相反，微胖短发，像个傻小妞，成绩也在中下游徘徊。

听完他简单的回答，我知道，他不可能喜欢我，因为我们差得不只是一点点。

后来，我暗暗下了决心，一定要成为和他一样的人，成为配得上他的人，于是，很努力地读书，拼命做题、背单词，希望能在毕业时，和他考上一样的高中。但，就当我如愿以偿地上了重点高中时，他却去了另一座城市。

临别时，他问我："小初，你怎么突然间变得这么厉害？"

我说："我只是想配得上我喜欢的人。"

他笑了笑，我不知道这样的表白，他听懂了没有。

多年以后，我还时常打听他的境况，不想被他甩开太远，只是当我变成配得上他的模样时，他已经不再是我当初所喜欢的模样了。

当我们不停地向前奔跑，只要速度够快，终究是会赢过那些我们想要超越的人，而那些曾经看起来闪闪发光的人，一旦放弃了奔跑，也终究会化作一颗微小的尘埃，湮没在时光的长河里。

我们想要拥有好的生活，想要配得上值得的人，往往是因为我们还不够资格与其匹配，才会觉得它们遥不可及，当我们渐渐强大起来，有足够能力拥有时，一切便不再高不可攀。

4

这些年，我和身边的朋友，总会去找无数的事情把生活填满，参加培训、考证考研、学绘画摄影、写文做分享、健身练瑜伽，我们不断地给自己施压，只是想看看，自己究竟能变得多好。

我不是一个聪明的人，毕业于普通大学，是因为考了重点高校的研究生，才有机会结交厉害的朋友；我没有惊艳的才华，是熬夜写文，稿子被拒了一遍又一遍，又修改了无数遍，才渐渐遇到了些编辑，进入写作圈。

我们拼命折腾，付出比别人更多的时间和精力，无非是希望，遇见想要爱的人时，自己早已成为了配得上他的模样，有十足的底气去爱，也有勇气和信心，携手到地老天荒。

更是希望，在偌大的世界，可以遇见更多更优秀的人，能有资格和他们坐在一起，喝杯咖啡吃顿饭；有同样开阔的见识和视野，与他们肆意畅谈，不再被轻易拒绝。

我努力的目的既是为了赚更多的钱过有安全感的生活，也是当自己心爱的人看中喜欢的东西时想买就买，不再为了价格犹豫不决。因为我无法预知自己以后有没有能力过上自己想要的生活，所以我现在努力的一切，是为了以后回忆起来心中是满满的甜蜜美好。

我从来不信什么一夜成名的传说，只信一分耕耘一分收获。如果有一天，你的努力配得上你的梦想，那么你的梦想也绝对不会辜负你的努力。就像来自遥远赤道的春风，它穿过高高低低层层重叠的山脉，抵过西伯利亚强烈的冷空气和阴暗潮湿的连绵梅雨，终会吹到你的耳边。

做好迎接机遇到来的准备

在之前的一份工作里，有个核心员工突然离职了，她负责的业务很重要，但一直招不上来合适的人。管理层最后的决定便是：先让她原先的下属顶上来，同时寻找更合适的人选；如果没有合适的人选，那么就破格提拔这位下属。

正好我和这位下属关系很好，闲聊的时候提醒她：“如果最近有让你顶替原来老大的工作，哪怕工作量大，不给你名分也要接下来，这绝对是一个好机会！”

她将信将疑：“真的吗？其实老大已经找我谈过了，再晚一步我就要拒绝她了。”

后来，她从别处打听到了小道消息，果然管理层的决定是：因为这个职位太难招人了，所以改为内部培养，但她的资历暂时又无法直接被提拔，因此先让她在这个岗位上熟悉一段时间做出些成绩后，再给予相应的title。

这位同事是极其幸运的，在最需要做决定的时刻，恰巧有局内人提供了可靠的情报，让她明白多出来的工作责任其实是宝贵的机会。但在大多数情况下，我们身边并没有这样的线人能及时提供内部情报，更麻烦的是，机会来时，总是喜欢披着黑暗的外衣——外表看起来毫无诱人之处，充斥着可怕的工作量、棘手的任务和模糊不清的前途，如果贸然前往，就可能落入重复劳动的陷阱，让人不知所措。

后来，这位下属同事获得晋升后问我："你当初怎么知道这是一个好机会的？"我给她讲了我的另一段亲身经历。

我曾跟过一个女强人老板，她说过这样一段话："如果你们想升职，就要用更高职位的职责和工作来要求自己。你是经理，就要先做出高级经理的业绩；你是经理助理，就要先做出经理的工作成绩，然后你们才有资格找我谈升职加薪。"

大家听罢面面相觑，私下里议论：这老板真是太会当了，不给我们升职还想让我们主动给自己加活。

那次训话后，只有一个同事走了心，按照更高的标准工作。

大半年后，果然率先被升职。

当时这件事对我触动很大，也令我非常疑惑。从结果来看，女强人并未食言，因为按照更高标准工作的人的确是被第一个提拔了；可另一方面，考察的周期也太长了，拼死拼活地干了大半年才升，很难讲最后的结果究竟是因为过了观察期，还是给了个安慰奖。

这个问题一直如影随形地跟着我，我在生活、工作中不断地遭遇着类似的难题：该怎么判断这是披着黑暗外衣的机会，还是单纯重复型劳动的叠加呢？拒绝它，我担心和机会失之交臂；接受它，我又会担心付出没有相应的回报。

无数次碰壁后，我找到了问题的答案：如果你想做出正确的选择，那么自己心里要提前准备好一把标尺，而这个标尺，就是你为现在的努力所预设的目标。

假如你的目标是从一位平面设计师，转化为成功的交互设计师，那么你就需要在平时不断测算距离这个目标还有多远，通过衡量你还欠缺哪些技能、知识、项目经验，来打磨内心那把标尺。这样，当你的领导告诉你“有人离职、需要你承担更多责任”时，你就能很容易地判断这到底是你要抓住的机会，还是只是付出额外的劳动力。

我们都希望自己能有更多机会，但大多数到头来都只能抱怨“为什么某某那么幸运，我就没有这种机会”。这是因为，机会很少会以我们所设想的方式降临。

它不会打扮得漂亮体面，金光闪闪地邀约：“快来尝试，人生从此就会不同！”现实生活中，这样出现在我们面前的反倒是一些陷阱。真正的机会往往会以灰头土脸的形象出现，混杂着各种你并不想要的东西，打包售卖：它有你想学习的技能，却也有让人烦心的“杂碎活儿”；它有诱人的岗位，但薪水却很平庸……多种多样的组合之下，你只有揣着内心那把标尺，才知道该如何选择，又如何自信地去坚持。

心怀目标的人会明白，成功就在树上，等那层黑衣褪去，果实就会慢慢成熟，只是还需要一些时间的沉淀。而他们也不会再枉自哀叹，为何多产的总是别人的岁月？

姑娘，你要努力。如果你不努力，你想指望什么。指望在你落魄到没钱吃饭的时候，有人会温柔的牵着你去共进午餐？指望在你被高跟鞋折磨到疼得站不稳的时候有人背你走完这段路？还是指望在你毕业之后，已经有人为你铺好前程，衣食无忧，然后这样被呵护的过完一生？姑娘，别做梦。太幻想的日子不适合你。姑娘，你要努力赚钱，为了自己，也为了你爸妈。姑娘，你要努力，你想要的，只能你自己给。别人给的，你问问自己，拿得起么。